24176

Ye

LES
HIRONDELLES

DE MUSSONVILLE

ou

LES DISTRACTIONS POÉTIQUES

DE L'ÉCOLIER

PAR L'ABBÉ J.-B. R** M**,

ex~ professeur de littérature au Petit Séminaire de Bordeaux.

J'abandonne l'exactitude
Aux gens qui riment par métier:
D'autres font des vers par étude,
J'en fis pour me désennuyer

GRESSET.

BORDEAUX'

IMPRIMERIE ET LITHOGRAPHIE DE HENRY FAYE,
rue Sainte-Catherine, 139.

1849

PROPRIÉTÉ.

Les formalités voulues ayant été remplies, toute con-
trefaçon de l'ouvrage sera poursuivie conformément aux
lois.

C.

A MES ÉLÈVES ET AMIS.

A qui les dédierais-je, si non à vous, ces premières
feuilles poétiques, fruit de mes rêves, de mes distractions, de mes caprices d'enfant? N'est-ce pas en quelque
sorte votre ouvrage? Sans votre présence et vos encouragements, aurais-je seulement songé à faire des vers?

Vous le savez, j'ai glané partout avec le sans-gêne de
nos auteurs modernes, et, de toutes ces fleurs fraîches
ou fanées, je compose un livre qui s'en ira sans doute,
comme tant d'autres, sans laisser trace de son passage.

Soyons plus osés : s'il passe inaperçu de la foule, moins
soucieuse que jamais de poésie, puis-je croire que vous
ne fassiez pas à ce volume un bon accueil, vous qui vous
en êtes longtemps disputé les feuilles éparses, sans qu'il
fût trop possible à l'auteur de comprendre les raisons de
tant de sympathie et de bienveillance? Mes vers parlent de ce que vous aimez, de vos jeux, de vos espérances; disons plus, ils parlent du foyer, de la patrie,
du ciel, des anges, de la Vierge de Mussonville [1] : voilà,

---

[1] Nom de la délicieuse maison de campagne du Petit Séminaire de
Bordeaux.

sans doute, pourquoi ces pièces fugitives ont trouvé et trouveront encore parmi vous des amis indulgents. Après tout, ces vers ne feraient-ils que vous rappeler les jours du séminaire, l'arbre sous lequel ils furent composés, et les souvenirs de notre jeune amitié, que ce ne serait pas pour l'auteur peine perdue : ce retour sur le passé n'at-il donc pas ses charmes? Pour moi, rien que d'y songer me ravive, et, au milieu des orages et des secousses politiques qui nous agitent, c'est là comme un port où j'aime encore à jeter l'ancre.

Oui (je ne le dissimule pas) ce livre m'est cher, parce que j'y retrouve ma vie intime, ma vie de vingt à trente-quatre ans, avec ses joies pures, ses aspirations naïves, ses suaves tristesses, sa gaieté franche : il m'est cher, parce que je vous y retrouve avec mes hirondelles, parce que j'y rencontre presque partout une pensée pieuse et utile sous la forme la plus frivole et la plus légère en apparence. Mais je m'arrête pour ne pas arriver tout d'abord au fameux *Exegi monumentum* qui m'a toujours fait rire, et qui devait faire rire aussi le Béranger romain, lorsque les fumées du Falerne ou de l'orgueil ne lui troublaient pas trop la tête.

Que dire aux esprits difficiles, si tant est que mes *Hirondelles* puissent arriver jusqu'à eux? Ils me reprocheront, je le sais, avant tout, d'avoir livré à la publicité ces futilités d'une imagination juvénile. Passe encore d'avoir rimé pour se distraire : mais pourquoi mettre le public dans la confidence? C'est toujours risquer plus qu'on ne gagne. Et mon Dieu! qu'ils se rassurent, ce n'est pas là ce qui m'effraie. Aurais-je quelque chose à risquer, que ce sacrifice serait plus que compensé par la seule espérance de jeter dans quelques jeunes âmes le germe d'une bonne pensée et d'un remords salutaire. Tant d'autres, pour propager le mal, sacrifient jusqu'à leur repos, leur fortune, leur honneur! Et puis, qu'importe la forme, si le but est atteint? Je m'adresse aux jeunes gens : on sait qu'ils aiment les vers, les images, les sentiments; que c'est en leur parlant cette langue qu'on est mieux compris et mieux goûté : pourquoi ne pas s'abaisser jusqu'à eux? Devons-nous les laisser chercher les fleurs dans cette poésie sensuelle qui les énerve, trouble l'imagination et prépare tout au moins à l'âme bien des illusions et des combats. Pour moi je ne puis m'expliquer comment tant de plumes, qui pourraient être autrement utiles que la mienne, se condamnent au silence, quand de tous côtés le génie du mal se donne tant de mouvement pour augmenter les ruines. Les uns d'une manière, les autres d'une autre, ne devons-nous pas tous, selon nos forces, essayer de relever quelques pierres, et empêcher que le plus petit germe périsse, faute de culture et de soleil?

Un dernier mot à vous, mes anciens amis, dont les idées et les goûts auront très-probablement un peu changé avec les lieux et l'âge. Peut-être me reproche-

rez-vous ma préférence trop exclusive pour le genre
badin et léger ; peut-être seriez-vous bien aises de trouver ici un plus grand nombre de pièces sérieuses, capa-
bles de donner de la variété et du coloris à l'ouvrage.
Ne vous en prenez pas à l'auteur, mais au but qu'il s'é-
tait proposé. Destinant ce volume plus particulièrement
à la jeunesse de nos écoles et de nos pensionnats, il a
dû s'imposer, bon gré, mal gré, de nombreux sacrifices,
pour qu'il arrivât avec moins de peine à son adresse.
Et puis, qui n'éprouve par moments le besoin de s'a-
muser d'un rien et de redevenir enfant? c'est sur ces
instants, toujours nombreux dans la vie, que j'ai compté
pour être lu de vous.

Il faut le dire aussi : quoique les hirondelles qui res-
tent en cage doivent, selon toute apparence, être les
plus heureuses, elles ne renoncent pas pour cela au fol espoir de sortir un jour ; et, chose probable, je serai même
assez complaisant encore pour leur donner la liberté, si
les premières sont vues avec quelque plaisir, si elles font
surtout çà et là un peu du bien que le trop confiant auteur en espère.

S'il n'atteint pas ce double but, ce ne sera ni la volonté, ni le soin, mais les forces et le talent qui auront
manqué.

LES HIRONDELLES

DE MUSSONVILLE

LA MATINÉE DU POÈTE

I.

LE RÉVEIL. — LE LEVER. — LA TOILETTE.

Alerte! l'aurore
Ramène le jour :
Le timbre sonore
Tinte son retour :
Mère vigilante,
Toujours gazouillante,
L'hirondelle chante
Partout à l'entour.

Allons, qu'on se lève !
Dormeur sans pareil,
Qu'attends-tu donc? trève,
Trève de sommeil !

Vite ma chaussure,
Mon manteau de bure,
Ma large coiffure,
Voici le soleil !.....

Mais il fait tout comme :
J'ai beau l'appeler,
Il poursuit son somme
Sur son oreiller !
Laquais infidèle,
Tu la paîras belle,
Si, moi, je me mêle
De te réveiller :

Crains les étrivières,
Holà ! l'endormi !
Enfin, ses paupières
S'ouvrent à demi :
Sans façon, Sosie,
Sans cérémonie,
Veux-tu que j'essuie
Tes yeux, bel ami ?

Je commence à croire
Que le ciel te fit
Pour manger et boire,
Entre nous soit dit :

Pendard, misérable !
C'est intolérable,
Quoi ! toujours à table,
Ou toujours au lit !.....

Son œil noir se cache
Sous son noir sourcil :
Tout doux !.... il se fâche !
Quel minois gentil !
Grand Dieu ! quel tapage !
Contre moi, je gage,
Il peste, il enrage.....
Que diable fait-il ?

On croirait entendre
Quelque farfadet,
Roulant dans la cendre,
Chenet sur chenet....
Tables renversées,
Plumes et pensées
Volent dispersées
Sur tout le parquet !....

Ah ! j'ai tort ! arrête,
Grâce pour mes vers !
J'ai mauvaise tête ,......
Qui n'a ses travers ?

Mais, toujours extrême,
En retour je t'aime,
Tu le sais, quand même,
Plus que l'univers!

Bon!.... cette tempête
S'en va, grâce à Dieu!
Ami! ma toilette....
Laisse-là le feu :
L'astre qui rayonne,
L'oiseau qui fredonne,
Tout cela me donne
L'espoir d'un ciel bleu!....

Quel supplice horrible!
J'étais là si chaud,
Sous l'ombre paisible
De mon blanc rideau!
Ouf!.... est-ce qu'il glace?
Vraiment, je te passe
Ta laide grimace :
Ah! tu ris, maraud!

Tu ris du poëte,
Pauvre troubadour,
Qui n'a plus en tête
Qu'aurore, et qui court,

Sans craindre la brume,
La fièvre et le rhume,
Torturer sa plume,
Avant qu'il soit jour.

Ah! plutôt, Sosie,
Plains, plains mon malheur!
Oui, la poésie
Est mon ver rongeur :
Plus de nuit sans veille,
Ou, si je sommeille,
Bientôt je m'éveille,
L'air sombre et rêveur.

Jamais un nuage
Ne venait jadis
Ternir mon visage,
Au brillant souris;
Mais mon front livide
Aujourd'hui se ride :
Adieu! ciel splendide,
Mon beau paradis!

Porte l'aiguière et la cuvette,...
Quelques gouttes d'eau sur mes doigts!....
Allons, prends ton temps!... Ouf! arrête,
Tu salis toute ma manchette,

Assurément, tu perds la tête,
Ou tu le fais exprès, je crois!

Toujours la même nonchalance!
Toujours Gros-Jean comme devant,
Toujours le corps qui se balance;
Jamais de cette noble aisance,
Qui fait tout avec élégance,
Qui vous prévient, en vous servant!

Le miroir, là-bas, sur la table....
Me voici presque au grand complet :
Cravate longue, fashionable,
Robe de chambre imperméable,
C'est un costume bien passable
Pour un homme de cabinet;

Pour un poète, dont la vie
S'effeuille, sans bruit, au logis,
Et s'évapore en poésie,
Près de la verte jalousie,
Sur le sopha de fantaisie,
Ou sur quelques livres chéris.

L'anachorète poétique,
Sosie, a besoin d'être seul :
Dans ma tasse aristocratique,
Va chercher (tu sais la rubrique?)

Mon déjeuner diplomatique,
Et puis mène-moi l'épagneul;

Mon épagneul, vif et volage,
Mon compagnon de tous les jours,
Qui seul déride mon visage,
Par son élégant badinage,
Ses fureurs, sa charmante rage,
Ses baisers et ses jolis tours.

II.

LA PRIÈRE.

Devant ce crucifix, image héréditaire,
Humide et tiède encor des baisers de ma mère,
Je viens m'agenouiller, comme le publicain :
Quand tout chante et bénit dans la nature entière,
Je viens, Seigneur, je viens mêler une prière,
Une note d'amour aux concerts du matin.

C'est vous, dont je commence à respirer l'haleine
Dans ce souffle embaumé qui me vient de la plaine,
C'est vous qui me parlez par tous ces bruits si doux,
Soit par le son lointain des cloches solennelles,

Soit par les mille voix des essaims d'hirondelles,
Qui toujours sur mes toits se donnent rendez-vous.

Quoi! vous pensez à nous! votre divine essence,
Comme ces traits de feu que le soleil nous lance,
Vient visiter l'atome au fond de son néant;
Vous allez du palais à l'obscure chaumière :
Et vous avez, Seigneur, un rayon de lumière
Pour le pauvre insulaire, au bout de l'Océan!

Salut, astre éternel, dont le regard embrasse
L'insecte et l'univers qui flottent dans l'espace!
Salut! pourquoi vers vous ne gravité-je pas?
Pourquoi mon âme, en proie aux pensers de la terre,
Ne monte-t-elle pas dans cette haute sphère
Où n'arrivent jamais les vains bruits d'ici-bas?

Pourquoi n'est-elle pas l'encens qui s'évapore?
Pourquoi ne suis-je pas comme un clavier sonore,
Bénissant votre nom sous vos célestes doigts!
Pourquoi ne suis-je pas la harpe enchanteresse,
Qui, chantant de David la prophétique ivresse,
En Hymnes si pieux soupirait autrefois?

J'ai tant à vous bénir!.... Ah! pour toute prière,
Je vous dirai : Merci! du beau jour qui m'éclaire,
Merci des voix d'oiseaux qui chantent son retour,
Merci de ce flottant et gracieux ombrage

Qu'avril jette à l'entour de mon doux ermitage,
Merci de tous vos soins! merci de votre amour!

Car vous m'avez traité comme un roi magnifique :
J'ai, pour charmer mes yeux, un site poétique;
J'ai des fleurs au printemps, en été, des épis;
Vous ne m'avez repris aucune tête chère;
J'ai mon frère et ma sœur, j'ai mon père et ma mère;
Je les vois, quand je veux, près de moi réunis.

Ah! laissez-moi longtemps tous ces objets que j'aime,
Le charme de mes yeux, la moitié de moi-même;
Laissez-moi cet ami dont la chrétienne main
Sut toujours arracher de mon cœur les épines;
Qui sourit aux essais de mes muses badines,
Et ne me quitte pas, sans me dire : à demain!....

Laissez-moi bien surtout la foi de mon enfance,
Avec son avenir et ses chants d'espérance :
Que vaut sans elle, hélas! notre froide raison?
Oui, que je sois chrétien! car, mon Dieu, le poète,
Sans symbole, sans Dieu, qu'est-il? c'est la tempête,
Ou le marbre glacé qui ne rend aucun son.

Temple, tombe, berceau, ciel étoilé, limpide,
Pour lui tout est muet, tout est mort, tout est vide :
Aucun ange jamais ne le prend par la main,
Et ne le fait asseoir sur ces heureux rivages,

Peuplés de visions et de douces images,
Où l'on entend des cieux comme un écho lointain.

Venez donc, ô mon Dieu! venez!.. Dans ma demeure
Vous aurez bon accueil en tout temps, à toute heure,
Comme dans le désert, sous les tentes d'Hébron :
Vous, mes amis du ciel, troupe angélique, aimable,
Venez vous disputer ces papiers sur ma table,
Ou bien, en saints pensers, voltiger sur mon front!

III.

LE DÉJEUNER.

Qui frappe?.... Entrez!.... voici Sosie,
En uniforme de Vatel,
Qui porte, d'un air solennel,
Le moka, nectar immortel,
A la douce odeur d'ambroisie.

Au-dessus de la tasse d'or,
Quelle vapeur, quelle fumée,
En auréole parfumée,
Monte, s'abaisse, monte encor!...

Prends garde, mon ami, de grâce!
Bien doucement!.... Ne perdons rien,
Pose là, pose là ma tasse
Et ce pain si friand! — C'est bien!...

Ta diligence est sans pareille;
Aussitôt dit, aussitôt fait;
Plus n'est besoin qu'on te conseille :
Tu fais le service à merveille,
Et le café toujours parfait!....

O breuvage enchanteur, ignoré des vieux âges!
    Non, tu n'as pas d'égal encor,
Breuvage, idolatré des poètes, des sages,
    Tu manquais au bon siècle d'or....

Tu manquais dans Tibur, à la table d'Horace,
    A ses délicieux desserts;
Le Falerne divin t'aurait cédé sa place,
    Dans sa coupe et ses jolis vers;

C'est toi dont la liqueur balsamique et sucrée
    Vient nous embellir le matin;
C'est toi qui viens toujours clore de la soirée
    Le bruyant et joyeux festin ;

Dans son petit logis, le bon Ducis, je gage,
    (Je ne crains pas d'être indiscret)

Ducis dont le menton tombait à triple étage,
  Te rendait un culte secret.

C'est à ton doux parfum que le charmant Delille
  Devait son poétique feu;
C'est toi qui lui faisais préférer à la ville
  Les souvenirs du *Cadran-Bleu!*[1]

De sa petite cafetière
Lui-même approchait les tisons,
Lui-même activait les bouillons
De ton odorante poussière;

Et bientôt à flots épandu
Dans sa tasse de porcelaine,
Tu ruisselais de veine en veine,
Pour jaillir en frais impromptu,
En jolis quatrains par douzaine.

Oh! puisse-tu, belle liqueur,
Électriser aussi mon ame,
Et d'une vive et douce flamme
Embraser ma tête, mon cœur!

---

[1] Restaurant où le poète, vieux et aveugle, eût désiré pouvoir se rendre encore.

J'aurais des pensers romantiques,
Mille songes d'or à rimer;
Mais, si tu ne viens m'enflammer,
Adieu mes trésors poétiques;
Triste, il faudra les refermer!

Mais, Dieu! quel bien-être!...
Quel joyeux réveil!...
Je rêve, peut-être!...
Non!... Je crois renaître
Aux fleurs, au soleil!...

La liqueur chérie
Verse au cœur, partout,
La chaleur, la vie,
Et la rêverie,
Doux rien qui m'est tout!...

Rieuse, folâtre,
L'inspiration
Va partout s'ébattre;
Sous son doigt d'albatre,
Tout devient rayon.

Et, voguant sur l'onde,
Dans les airs, les champs,
L'âme vagabonde

Peuple tout le monde
De châteaux charmants...

Déjà mes pensées,
En joyeux essaims,
Volent dispersées,
Dans mille Élysées,
Mille frais Édens !

....

D'un appétit incomparable,
Tout en parlant, je vais mon train :
Qu'en dis-tu, traiteur admirable?
Je suis à bout de mon latin,
Je veux dire que sur ma table
Je n'ai plus ni café, ni pain ,
Rien donc ici-bas n'est durable !...

Goûtez les plaisirs un à un,
Ainsi s'en vont les douces choses;
Et le café, comme les roses,
Ne nous laisse que son parfum !....

IV.

STUART OU MON ÉPAGNEUL.

Hélas! comment ai-je pu faire,
Pour t'oublier, pauvre Stuart,
Toi qui recevais d'ordinaire
La meilleure et première part?
Comment ai-je vidé ma tasse,
Sans avoir prélevé pour toi
La dîme qui, d'après la loi,
Revient à tout chien de ta race?

Tout à l'heure, d'un pas joyeux,
Tu courais, escortant Sosie;
Tu regardais d'un œil d'envie
Fumer le moka vaporeux :
Pauvre ami! tu disais peut-être :
Voilà pour lui, voici pour moi.
Trop fol espoir!... la dent du maître
Escroque tout.... et rien pour toi!

Il fallait donc crier famine,
A la table, à moi t'accrocher,
Tempêter, mordre, te fâcher,
Comme en use la gent canine.

Averti par tes cris, ta voix,
Peut-être que, de guerre lasse,
J'eusse fait justice à tes droits
Et t'aurais fait passer la tasse.

Mais tu t'en fais un point d'honneur,
Jamais, non, jamais rien qui blesse;
Stuart est grand observateur
Du code de la politesse :
Et puis, il faut le dire aussi,
Pour qui se croit un personnage,
C'est descendre à trop bas étage
Que de dire : Je suis ici.

Au moins (et je t'en félicite)
Tu n'as pas l'air de m'en vouloir;
Ta mauvaise humeur passe vite
Et ne va jamais jusqu'au soir;
De gaîté toujours tu rayonnes,
Toujours aimant, et l'œil bénin;
Et, pour prouver que tu pardonnes,
Tu te plais à lécher ma main.

Non, je n'aurais qu'un mot à dire,
Et je suis sûr que tu ferais,
A l'instant, pour me faire rire,
Tous les tours nouveaux que tu sais.
Droit sur tes pattes de derrière,

Je le jure, s'il le fallait,
Tu te ferais mon Triboulet,
Quoiqu'à jeun cela n'aille guère.

Mais pourquoi voltiger encor,
Comme l'oiseau, de branche en branche;
Sur mon sucrier, brodé d'or,
Voudrais-tu prendre ta revanche?...
Et bien! j'y consens!,.. A ta faim,
Oui, bel ami, je l'abandonne
Ce sucre blanc et superfin....
Attends pourtant qu'on te le donne.

Prends bien garde, petit glouton!
Je t'en avertis à l'avance,
Si tu me mords, à l'abstinence
Je te condamne sans façon....
Bien!.... Faut-il à ta dent d'albâtre
Un autre morceau, réponds-moi?....
En voilà deux, en voilà quatre :
Je ne compte pas avec toi....

Tu voudrais avoir la parole,
Pour me dire un petit merci?
Mais sur ce point sois sans souci :
Tes bonds joyeux, ta gaîté folle
Sont toujours pour moi pleins de sens,
Et ta prunelle pétillante

Et ta voix sonore, éclatante,
Me dit assez ce que tu sens.

Allons, debout !...— et sois fidèle,
Sois fidèle au commandement !
Fais, tour à tour, polichinelle,
Le grenadier, le gentleman,
Et l'exercice à la prussienne ;
Mouvement après le repas,
Voilà, tu ne l'ignores pas,
Un axiôme d'hygiène....

Bravo !.... c'est un tour de ton cru,
C'est un tour de nouvelle date ;
Je n'ai jamais vu d'acrobate
Faire un si charmant impromptu ;
Mais quand on est dans la partie,
Comme Stuart, maître passé,
On n'est jamais embarrassé,
C'est là le propre du génie....

Quel air turbulent, fanfaron !
Quel tintamarre ! quel tapage !
Si tu ne prends un autre ton,
Crains d'insurger le voisinage :
Et bon Dieu ! quel scandale affreux
Si, de par la charte nouvelle,

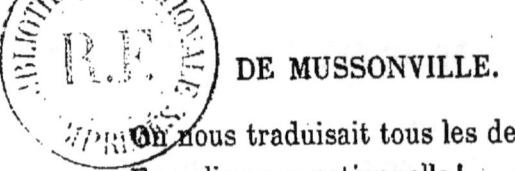

On nous traduisait tous les deux
En police correctionnelle!....

Comme je suis enfant encor!
Comme peu de chose m'amuse!
Mais vraiment ma lyre, ma muse,
En aurait presque du remord!....
Finissons–en.... le timbre sonne,
C'est l'heure où j'aime à promener;
Tu peux déloger : je te donne
Carte blanche, jusqu'à dîner.

V

PROMENADE SENTIMENTALE.

Descendons au jardin : mon Dieu! que la nature
Est belle, quand avril de fleurs et de verdure
Embaume notre seuil, nos arbres et nos champs!
Oh! quel panorama! que d'objets frais, riants,
Quel magique tableau! Là, mon regard se pose
Sur l'abricotier blanc et sur le pêcher-rose;
Ici, sont des lilas, aux panaches flottants,
Qui jettent leurs débris aux souffles du printemps,
Les espaliers aux murs tendant leur girandole,
Le jasmin du kiosque ombrageant la coupole,

Et plus loin l'aubépine, où bourdonne un essaim,
D'une blanche guirlande encadrant mon jardin.

Que me faut-il de plus? Oh! la bonté suprême
Jusque dans notre exil, nous visite et nous aime.
Songeant à nos plaisirs, c'est elle qui sur nous
Répand ce que le ciel exhale de plus doux.

L'air que j'aspire
Est tout de myrrhe,
D'encens, de miel!...
C'est l'ambroisie,
La poésie,
Venant du ciel!

Dans la vallée,
Sous la feuillée,
Sur tous les toits,
Des voix s'appellent,
Des voix se mêlent
A d'autres voix!

Tout ce qui chante,
Eau gazouillante,
Oiseau, zéphir,
Devient cascade,
Douce ballade,
Vive roulade,
Tendre soupir.

Tout ce qui jette
Parfum de fête
Sur nos sentiers,
Renaît et pousse
En herbe, en mousse,
En églantiers;

Et la rosée
Qui s'est posée
Au bord des fleurs,
Fraîches, nouvelles,
Jette autour d'elles
Mille dentelles,
Mille couleurs.

Avec les perles de l'aurore,
Quelqu'enchanteur, au doigt divin,
Brodait sans doute ici la robe du matin,
Quand, sous mes rideaux blancs, je sommeillais encore:
Ou plutôt l'ange de la nuit,
Qui sur moi veille d'habitude,
Sera venu parer sans bruit
Ma poétique solitude;

A travers ce jeune arbrisseau,
Je crois le voir, de sa main blanche,
Attacher lui-même à la branche
Le nid de ce petit oiseau.

Et c'est encor lui, frais ombrage,
Dont l'œil te verse un rayon d'or;
Bouton de rose, frêle image,
C'est lui dont la main sans effort
Te fait naître sur mon passage :
Hélas! hélas! si j'étais sage,
Ton destin me dirait mon sort.

Tu souris au jour qui te dore,
Entouré de tous tes attraits;
Hélas! quelques instants encore,
Tu te flétriras pour jamais.

Ton sort serait digne d'envie,
Si Dieu te donnait jusqu'au soir :
Tant d'autres qui n'ont pu le voir,
Pleins de fraîcheur et pleins de vie !

J'en ai tant vu déjà périr
Qui n'étaient pas seulement roses,
Mais êtres charmants, fleurs écloses,
Pour se faner et pour mourir.

Ils étaient purs, beaux d'innocence,
Anges ou lis, tombés du ciel,
Ouvrant aux doux soleils d'enfance
Leur calice, inondé de miel.

Et nous, voyant leur tête ornée
De tant de grâces, au matin,
Après leur première journée,
Nous rêvions plus beau lendemain.

Quand l'homme rêve, Dieu dispose :
Le ciel retire ses rayons;
Espérances, illusions,
Sont donc aussi boutons de rose!....

VI.

Ah! démon, petit scélérat,
Maudit Stuart, que viens-tu faire?...
Voyez donc partout quel dégât!
C'est Attila dans mon parterre!

Laisse, laisse ce papillon,
Que tu poursuis à toute outrance,
Et dont l'aile de vermillon
Trompe toujours ton espérance.

Et quoi! pour attraper si peu,
Que de tiges sont sans calices!
Que de débris, mon Dieu, mon Dieu!
Pour contenter tes seuls caprices!....

Qu'as-tu maintenant à japer?
L'insecte se rit de ta rage;
Malheureux!.... tu fais échapper
Tous mes oiseaux au doux ramage.

Oh! revenez, hôtes chéris,
Vous, mes amours, mes plus doux charmes;
Pour vous, comme pour vos petits,
Soyez désormais sans alarmes....

Tout redevient silencieux;
Mon chien lui-même, sans rien dire,
S'enfuit, et, moi, je me retire,
Pour laisser à vos chants joyeux,
A vos ébats capricieux,
Le doux soin d'inspirer ma lyre.

LE PASSAGER DE LA PROVIDENCE.

Sur cette écorce de vieux chêne,
Qui te sert de léger radeau,
Pauvre fourmi, mon œil à peine
Te distingue au-dessus de l'eau.

Sans y songer, loin de la rive,
Passagère il fallut partir :
Allant, voguant à la dérive,
Le flot ne peut que t'engloutir.

Le moindre vent est un orage :
Tu ne pourras aller bien loin,
Et sans doute de ton naufrage
Je serai le triste témoin.

Mais non.... du ruisseau qui l'entraîne,
Elle suit tournoyant le cours,
Et sur son écorce de chêne
La passagère va toujours.

Et peut-être finira-t-elle
Par découvrir, comme Colomb,
Quelque île lointaine, nouvelle,
Qui prendra quelque jour son nom.

Qui sait, après la traversée,
Si quelque Homère à l'univers
N'ira pas de son odyssée
Raconter les travaux divers?

Qui sait?.... mais trop longtemps ma muse
S'occupe à prédire son sort :
Sur son tillac, elle s'amuse,
Certaine de trouver un port.

Vivre ici, vivre ailleurs, qu'importe?
Elle sait, au moins par instinct,
Que, sous quelques cieux qu'il le porte,
Dieu suit l'insecte pèlerin.

L'AVEUGLE.

Nous serions moins tentés, si nous avions moins vu.

Tu le vois, ce vieillard, assis là, sur la route,
Et qui prête l'oreille à nos pas qu'il entend :
Mon fils, bien des passants l'ont déjà plaint, sans doute;
Faisons plus, porte-lui l'aumône qu'il attend.

Tu lui diras encor quelque sainte parole :
Ce n'est pas de pain seul que l'homme a faim et vit;
Mais un doux mot du ciel, qu'il entend, le console,
Et le pauvre en son cœur longtemps se le redit....

L'entends-tu?... Maintenant ses lèvres nous bénissent;
Sa prière, voilà ce qu'il donne en retour;
Bien d'autres voix du ciel à la sienne s'unissent,
Il est content! mon fils, espérons un beau jour!

Car l'aumône, vois-tu, toujours laisse après elle
Je ne sais quel parfum et quel charme divin
Qui nous rend l'air plus doux et la route plus belle;
La prière du pauvre aplanit le chemin.....

Tu pleures? qu'est-ce donc?... il est aveugle encore,
N'est-ce pas?... Je comprends tes soupirs généreux;
Oui, ses yeux sont fermés aux clartés de l'aurore,
Et tu sembles me dire : Il est bien malheureux !!

Malheureux, oui, sans doute, enfant, puisque la terre
Si fraîche, si parée et si belle aujourd'hui,
Puisque ce ciel d'azur, inondé de lumière,
Et qui fait aimer Dieu, ne sont qu'ombres pour lui !

Puisqu'il ne voit plus rien, ni la vieille demeure
Où des pauvres encor l'abritent quelquefois,
Ni celui qui l'approche et dont la main l'effleure,
Ni l'enfant qui répond, en passant, à sa voix !!

II.

Aveugle !!.... Hé bien! pourtant j'ai désiré de l'être :
Et j'en connais beaucoup qui, par l'âge mûris,
Ont regretté que Dieu ne les eût pas fait naître
Un bandeau sur les yeux !.. Sais-tu pourquoi, mon fils?

C'est que mille rayons, mille brillants fantômes
Ne passent devant nous que pour nous décevoir :
Que de dangers partout, dans le monde où nous sommes !
Et jeune, on ne craint rien ; on veut, hélas ! tout voir.

Innocence, vertu, c'est là que tout se brise....
Oui, c'est par là, mon fils, que grand nombre sont morts :
Crois-en mes cheveux blancs : souvent une surprise
Lègue à l'âme une plaie, un éternel remords,

Un éternel combat !.... Rappelle-toi Jérôme ;
Quoique vieillard, chargé d'un cilice de fer,
Tout ce qu'il avait vu de séduisant dans Rome,
Il le voyait encor dans le fond du désert.

Une fois l'œil souillé, l'âme est bientôt souillée,
Et, perdant, en chemin, ses célestes penchants,
Elle devient bientôt cette fleur dépouillée
Que je vois à tes pieds, pauvre jouet des vents.

Et puis, lasse d'errer, elle devient infâme,
Elle, autrefois si belle !... Eh bien ! enfant, ces yeux,
Il faudra les fermer sur ce qui flétrit l'âme :
Dieu les a faits si beaux, pour contempler les cieux.

ABEILLE ET POÈTE.

Dans vos cellules endormies,
Mes abeilles, que faites-vous?
Vous pouvez sortir, mes amies,
Le temps est aujourd'hui plus doux :

De tous les trésors de la plaine,
Augmentez, augmentez encor
Le trésor dont la ruche est pleine;
Qu'elle en regorge jusqu'au bord!

Partez, partez, je vous souhaite
Bon voyage : au revoir! adieu!...
Je voudrais, si j'étais poète,
Être l'abeille du bon Dieu.

Ce ne serait pas sur l'Hymette
Que j'irais butiner mon miel :
Non... J'irais faire ma cueillette
A Jéricho, sur le Carmel :

J'irais sous les frais térébinthes,
Au désert, à Roquamadour,
Cueillir toutes les larmes saintes
Qu'y fit couler le pur amour :

Et puis, de ces jardins mystiques

Je reviendrais, chargé de nard,
Pour en composer mes cantiques,
Pour en faire un parfum à part :

Partez, partez, je vous souhaite
Bon voyage; au revoir! adieu!...
Je voudrais, si j'étais poète,
Être l'abeille du bon Dieu.

HEUREUSE OBSCURITÉ.

A MON AMI L'ABBÉ F. L*** QUI ME PRESSAIT DE FAIRE IMPRIMER.

ÉPITRE.

Sitôt que le bouton de rose
S'ouvre au jour et s'épanouit,
Son incarnat se décompose,
Et, sa corolle à peine éclose,
Tout son parfum s'évanouit.

Sitôt que de sa chrysalide
Le papillon s'est envolé;
Par le vent, la poussière humide,
Son manteau d'or, frais et splendide,
Perd l'éclat dont il a brillé.

Ainsi de ma muse peut-être,
Et de mes poétiques chants,
Si, contre le vœu de leur maître,
Qui ne les fit point pour paraître,
Mes vers prenaient la clé des champs.

Et puis, quand tout songe à combattre,
Quand l'obus gronde à Mogador,
Quelle oreille aux refrains du pâtre,
Aux voix du soir, autour de l'âtre,
Trouverait des charmes encor?....

Laisse donc, laisse le poète
Passer, sans que l'on songe à lui :
C'est assez que dans sa chambrette,
Un ami vienne, aux jours de fête,
L'écouter, pour tromper l'ennui.

Et qu'importe au ruisseau qui coule,
Au nid, caché sous le buisson,
A la feuille qui fuit et roule,
Que l'écho, la rive, la foule,
Entende son bruit, sa chanson?

UNE AME SOUFFRANTE,

A LA VIERGE DE MUSSONVILLE.

Oh! prête une oreille attendrie
A la voix qui de loin te prie :
Je voudrais être à tes genoux,
          Marie ;
Et là, chanter ton nom, si doux
          A tous.

Que ne puis-je dans Mussonville,
Oubliant les bruits de la ville,
Sous ton berceau de belles fleurs
          Mobile,
Te confier de mes douleurs
          Les pleurs !

Souris à celui qui t'appelle,
Et qui voudrait être hirondelle,
Pour te saluer aujourd'hui,
          Comme elle ;
Vierge, repousse loin de lui
          L'ennui ! !

A ton pauvre enfant solitaire,
Que rien ici ne désaltère,

Oui, montre-toi, pendant qu'il dort,
            Ma mère,
Et berce ainsi de rèves d'or
            Mon sort !

Si je pouvais te voir moi-même,
Dans un de ces rèves que j'aime,
Mon bonheur serait, comme au ciel,
            Suprême :
Viens changer l'absynthe et le fiel
            En miel !

LE JEUNE AGONISANT.

Defecerunt, sicut fumus, Dies mei.

De mon chevet compagne vigilante,
Lampe des morts, qui vacilles sans bruit,
Verse sur moi ta lueur défaillante,
Épands ta paix sur ma dernière nuit :
La pâle flamme, hélas ! qui te dévore,
Ressemble au mal dont je me sens languir :
Tu ne saurais vivre longtemps encore ;
Mais, avant toi, ne dois-je pas mourir ?

Vivre une nuit, c'est là ta destinée;
Souvent encor n'en vois-tu pas la fin!
Lampe des morts, je vis une journée,
Ce jour est-il encore moins certain!...
Pour nous, le temps, sur le timbre sonore,
N'a qu'un degré peut-être à parcourir :
Tu ne saurais vivre longtemps encore;
Mais, avant toi, ne dois-je pas mourir?

De la pitié touchant et saint emblême,
Es-tu, dis-moi, quand les autres s'en vont,
Douce Veilleuse, une âme, un œil qui m'aime,
Et qui du ciel luit sur mon abandon?...
De plus en plus, mon front se décolore,
Et, comme toi, je me sens dépérir :
Tu ne saurais vivre longtemps encore;
Mais, avant toi, ne dois-je pas mourir?...

Si, vers les bords de ton vase d'argile,
Flambeau mourant, tu sembles approcher,
Ah!... de mon corps, enveloppe fragile,
Mon âme aussi cherche à se détacher :
Lumière, esprit, vers Dieu tout s'évapore;
La vie aux vents est prompte à se tarir :
Tu ne saurais vivre longtemps encore;
Mais, avant toi, ne dois-je pas mourir?...

Par cet éclat, cette flamme plus vive,
Qui, sur les murs, se joue en blancs rayons,
Voudrais-tu donc, lorsque mon heure arrive,
Bercer encor mon mal d'illusions?...
Non, désormais, aux clartés de l'aurore,
Mon cœur, mes yeux ne doivent plus s'ouvrir :
Tu ne saurais vivre longtemps encore;
Mais, avant toi, ne dois-je pas mourir?...

Long avenir, qu'espérait ma jeunesse,
Adieu! beaux jours que j'aimais à compter,
Jours parsemés de joie et de tristesse,
Prêt à partir, dois-je vous regretter?...
J'appris trop bien (lui seul, l'enfant l'ignore)
Que l'âme ici n'a guère qu'à souffrir :
Tu ne saurais vivre longtemps encore;
Mais, avant toi, ne dois-je pas mourir?...

Non, rien ne peut exciter mon envie :
Mon dernier jour me semble le plus beau;
Terne reflet de ma seconde vie,
Qu'est-il besoin de dorer mon tombeau?...
A ta lueur nébuleuse, incolore,
Je vois mon Ange et Marie accourir :
Tu ne saurais vivre longtemps encore;
Moi, dans leurs bras, je puis enfin mourir!

LE PETIT CHATELAIN MALHEUREUX.

A MON JEUNE AMI A. C., QUI S'ENNUYAIT D'UN LONG SÉJOUR A LA MAISON
PATERNELLE.

Ami, naguère encor, sur le haut du Parnasse,
Je voulais condamner aux arrêts notre Horace,
Pour avoir dit, peut-être en riant, en chantant :
« Que personne, ici-bas, de son sort n'est content ».

Ah ! j'ignorais alors qu'un enfant, à notre âge,
Pût demander au ciel un plus heureux partage,
Quand de notre chemin, qu'on nous dit plein de deuil,
Une divine main vient embellir le seuil;
Quand on sait que la vie est comme une journée,
Dont l'aube d'un or pur se lève couronnée.
Pour avoir, cher Oscar, maudit ses plus beaux dons,
Dieu devrait t'envoyer aux petites maisons;
Mais il sait pardonner : car, en nous créant hommes,
Il nous fit un peu fous, nous tous tant que nous sommes.

Moi, prenant l'air tranchant et la voix de Caton,
Je vais monter en chaire, écoute ma leçon :
J'ai tête d'écolier, mais non pas tête folle,
Et sais argumenter, comme un doyen d'école.

II.

Vole avec moi des lieux où le soleil naissant
Se montre, jusqu'aux bords, où, flambeau pâlissant,
Il s'endort à nos yeux; vole dans les deux mondes;
De l'Océan franchis les demeures profondes,
Ou pour parler, Oscar, en style plus chrétien,
Sans emprunter ici ce ton Virgilien,
Vole partout, et vois dans ces deux hémisphères
S'il est un sort plus doux et des jours plus prospères
Que les jours dont le ciel sème nos premiers ans;
S'il est quelques plaisirs, n'est-ce pas au printemps,
Quand l'âme, toute belle et toute fraîche encore,
Entr'ouvre sa corolle et ne fait que d'éclore?
Non, s'il est quelque part des êtres plus heureux,
Ce n'est pas ici-bas, cherchons-les dans les cieux!

« Cet enfant, diras-tu, c'est l'enfant de la fable,
» C'est l'enfant idéal, tu bâtis sur le sable,
» Et tout ce beau discours, édifice brillant,
» N'a, pour se soutenir, qu'un appui chancelant. »

Eh bien! réponds-moi donc : quel souci te dévore?
Si tu ne vis jamais le lever de l'aurore,
Ni l'oiseau, s'éveillant aux premiers feux du jour,
Retiré, loin du bruit, dans quelque obscur séjour,

Au moins d'un long sommeil tu goûtes les délices,
Des songes du matin tu reçois les prémices,
Et maintes fois je vis un sourire divin
S'entremêler alors aux roses de ton teint.
Que mille conquérants viennent troubler le monde!
Que l'univers s'ébranle, et que la foudre gronde!
Tranquille, tu poursuis ton suave sommeil;
Il faut de plus grands coups pour hâter ton réveil!...
Et quand tu dors ainsi la grasse matinée,
Peux-tu, sans être ingrat, blâmer ta destinée?
Songe, ah! songe plutôt qu'il est des malheureux,
Pour qui la nuit est courte et les songes affreux;
Qui, venant de fermer leur aride paupière,
Courent, pour fuir la faim, devancer la lumière,
Et passent dans les pleurs, les plus rudes travaux,
Ces nuits, où le sommeil te verse ses pavots.

III.

Ta mère, cependant, songe à toi; sa tendresse
Du foyer languissant tourmente la paresse;
Déjà du chocolat l'odorante liqueur,
Pour toi, des flots de lait colore la blancheur,
Et déjà, dans la tasse, à grand soin préparée,
Se gonfle un pain de neige à la croûte dorée.

Tout est prêt : tu parais; d'un appétit charmant,

Ton estomac tressaille, et, sans perdre un moment,
A table, gros seigneur, tu bois ce doux breuvage,
Tonique merveilleux, notre amour à tout âge,
Dont la vertu secrète épanouit le cœur,
Et dont le bon vieillard conforte sa langueur.

Qui pourrait dire, Oscar, quelle chaleur aimable
Circule dans ton sang au sortir de la table?
Sur ton front réjoui, quel air de volupté!
Quel brillant coloris! regarde, enfant gâté,
Regarde ton miroir, et vois, si ton visage
D'un être malheureux te présente l'image,
Si de ce grand tonneau, que Dieu tient dans ses mains,
Plus de maux que de biens coulent sur les humains?

Ainsi passe pour toi l'heureuse matinée,
Savoureux avant-goût d'une heureuse journée.
J'irai, moi, faire assaut de grec ou de latin,
Et d'un livre poudreux, tout usé sous ma main,
Parcourir les grands mots, pour fabriquer un thême,
Aussi long, sans mentir, que vingt jours de carême;
Et toi, l'on te verra, paisible châtelain,
Sur un fauteuil assis, en attendant la faim,
Écouter, raconter quelque chose légère,
Et recevoir souvent les baisers d'une mère.

Que tardez-vous encore?... un souffle printannier
Déjà court dans la plaine, et déjà le rosier

De nos plus belles fleurs te promet la première :
Vois quel beau ciel d'azur, quelle douce lumière
Colore la montagne, embellit le vallon :
Adieu le sombre hiver, adieu froid aquilon,
Adieu saison de mort!... la jeune chrysalide
S'efforce de sortir de sa demeure humide,
Et l'on n'entend partout dans les airs, dans les bois,
Que sons mélodieux, que murmurantes voix.
N'as-tu jamais senti cette volupté pure,
Qu'épanche le printemps sur toute la nature,
Avec son premier souffle et son premier rayon,
Soit lorsque le matin rougit à l'horizon,
Soit lorsque sur son char, paisible, solitaire,
La nuit répand sur nous son ombre, et son mystère?

Tu la sentais pourtant cette ivresse, autrefois,
Quand ensemble voyant, pour la quinzième fois,
Les derniers jours d'avril à la terre sourire,
Nous voguions, sur le soir, à l'heure où tout respire
Des airs si parfumés! où le ciel est si pur!....
O lac de Châteauneuf! miroir d'or et d'azur!
Ton souvenir encor fait palpiter mon âme!...
Tout dormait à l'entour, et tantôt notre rame
Effleurait mollement le cristal de tes eaux,
Et tantôt, comme un nid, détaché des rameaux,
Ou, comme un oiseau bleu, qui se mire dans l'onde,
Notre légère nef, rêveuse, vagabonde,

Dormait sur chaque flot, dans un mol abandon,
Et la vierge des nuits, flottant à l'horizon,
Comme elle, s'endormait, au milieu des nuages :
Lac, rivage, forêts, vaporeux paysages,
Tout reflétait au loin ses féeriques clartés,
Et Châteauneuf, dans les flots argentés,
  Offrait à nos yeux enchantés
  La plus brillante des images....
Soufflez, disais-je alors, soufflez plus doucement,
  Brises du soir, soufflez à peine....
 Voguez, ma nef, voguez plus lentement,
Notre lac est si beau, son onde est si sereine!...
Et toi : « Salut, séjour du calme et de la paix;
» Croissez autour de nous, croissez, roses nouvelles;
» O temps! ô temps! suspends tes aîles,
» Jetons notre ancre ici, sur ces bords toujours frais. »

IV.

Oh! quelle tête ami, quelle tête en ce monde
De rêves enchanteurs était aussi féconde?
Qui savait, comme nous, de châteaux rayonnants
Remplir les cieux, les mers et les deux continents;
Bâtir de ces châteaux, nommés châteaux d'Espagne,
Sans nul frais les placer en pays de Cocagne,
Et, dans ces Allambras, s'endormir plus content
Que ne le fut jamais le plus heureux sultan?....

La saison de bâtir est-elle donc passée?
Pour toi, n'est-il donc plus une douce pensée,
Plus de lac argenté, plus d'horizon lointain,
Plus de parfums au soir, plus de fleurs au matin!
Ah rêve! tu le peux, il en est temps encore;
L'univers t'appartient du couchant à l'aurore;
Laisse à jamais, Oscar, ton âme aux ailes d'or,
Vers ce monde idéal diriger son essor;
Laisse-la s'enivrer de brillantes chimères :
Quelles soient à jamais ses erreurs les plus chères,
Nos communes erreurs!... Et que serais-je, ami,
Moi, que, pour mes péchés, le destin ennemi,
Au collége, retient en prisonnier de guerre,
Si, brisant quelquefois ma chaîne trop austère,
Je ne pouvais encor rêver de plus beaux jours,
Mon Oscar, Châteauneuf, objet de mes amours;
Rêver un long sommeil, à Toulenne [1] si rare;
M'élever dans les airs, sur les ailes d'Icare,
Ou, tel qu'un papillon, ami d'un tiède ciel,
Aller, auprès de toi, goûter un peu de miel?

---

[1] Charmant petit collége, sur les bords de la Garonne, à quelques
pas de Langon (Gironde).

A LA VIERGE DE MUSSONVILLE.

Causa nostræ lætitiæ, ora pro nobis.

Vierge aimable de Mussonville,
Ton souvenir partout me suit,
Et mon âme, d'une aile agile,
Quand, près de moi, tout dort tranquille,
A tes pieds revole sans bruit.

Des bords, qu'embellit ta présence,
J'aime le calme et la fraîcheur,
Et, trouvant longs les jours d'absence,
Dans mes langueurs, dans ma souffrance,
Je vais à toi, pauvre pécheur.

Oui, Vierge sainte, immaculée,
Mon âme a besoin de te voir ;
C'est près de toi, triste exilée,
Qu'elle aime surtout à s'asseoir :

De quelque nom que je te nomme,
Ce nom me laisse, au fond du cœur,
L'enivrant et le doux arome,
Que laisse au vase la liqueur.

Car, si je trouve sur mes voies
Quelque plaisir, je comprends bien
Que c'est toi seule qui l'envoies,
Et que, dans nos terrestres joies,
Toi manquant, il ne reste rien.

Aussi, tu le sais, ô ma mère !
Quand il m'est donné de t'ouïr,
Je sens mon cœur s'épanouir,
Et je prends en dégoût la terre.

J'éprouve du céleste amour
La sainte extase, le délire,
Heureux délire, hélas ! trop court :
O Vierge, ô mère, que te dire ?....

Si j'étais flot, je baiserais
Le trône, où ton pied blanc repose,
Et, si j'étais bouton de rose,
Sur ton sein je m'effeuillerais.

LES FLEURS DE L'AMANDIER.

Les enfants du château jouaient sur la terrasse :
Et, comme eux, aux premiers soleils,

Un jeune amandier avec grâce
Entr'ouvrait ses boutons vermeils :

« Tiens, maman, vois que de fleurs blanches,
» Vois, s'il est beau mon amandier !
» Oh ! que de fruits feront plier,
» Dans quelques jours, toutes ses branches !
» Je crois déjà les voir !... Mais pourquoi ce poirier
» Occupe-t-il en vain la place ?
» Dirait-on pas vraiment qu'il glace ?
» Il est nu comme en février ;
» Allons, puisqu'il se fait toujours en vain prier,
» Qu'il meure avec toute sa race !
» Plus que des amandiers qui portent à foison
» Fleurs et fruits dans toute saison !
» Car tu sais qu'ils n'y manquent guère. »

Ainsi parlait Oscar, l'idole de sa mère,
Papillonnant, près du jardin,
S'étant levé, comme Jeannot-Lapin,
Avec l'aube du jour, contre son ordinaire ;
Plus d'un écolier, son confrère,
Tiendra peut-être encor le fait pour peu certain,
Mais ce n'est pas là mon affaire.

Ce qu'il faut dire, c'est qu'Oscar,
Sans mentir et sans hyperbole,

Était, quoique marmot, un phénomène à part,
Grand espiègle, grand bavard;
Tout en lui, mémoire, regard,
Au dire du maître d'école,
Présageait qu'il serait plus tard
Un vrai Pic de la Mirandole;
C'était là l'avis de Matthieu,
Et ce qu'aucuns croiront à peine,
Le curé même dudit lieu,
Le plus infaillible après Dieu,
Donnait la chose pour certaine.

Seule pourtant la bonne châtelaine,
Par grand miracle, encor n'osait
Croire à ce charmant horoscope,
Quoiqu'une mère, comme on sait,
N'ait pas besoin du microscope,
Pour trouver à son fils, fût-il encor plus laid,
Un profil presque attique, un air mignard, follet,
Qui fait de son poupon un être incomparable.

Pour revenir à notre fable,
Après qu'Oscar a tempêté
Contre le poirier détestable,
Et, conséquence assez probable,
Maudit celui qui l'a planté :

« Calme, calme, mon fils, cette rage inutile,

» Lui dit la mère, avec un doux regard;

» Cet arbre-là n'est pas, crois-le bien, si stérile!

   » Qu'importe qu'il fleurisse tard,

» Si son bouton tardif est un bouton fertile?

» Mais pour cet amandier, si précoce, si frais,

    » Qui de tant de fleurs se couronne,

    » Je crains, mon fils, (cela t'étonne?)

» Qu'il ne prépare encore, à nous deux, des regrets,

    » Bien plus que de fruits pour l'automne;

    » J'ai si souvent vu l'aquilon

» Tromper, en un seul jour, toutes mes espérances,

    » Que les plus belles apparences

    » Ne me font plus illusion. »

    C'était parler pour ne rien dire,

L'enfant ferma l'oreille à cette allusion,

    Il se contenta de sourire;

Et puis déjà notre homme était un esprit fort,

    Et ces gens-là n'ont jamais tort,

    Assez du moins, pour se dédire.

   Qu'en advint-il?... Le vent souffla la nuit,

   Si bien, si fort, que, de sa froide haleine,

Il emporta les fleurs, et partant tout le fruit

   De l'amandier : Oscar riait à peine;

Mais bien s'indemnisa sur le charmant produit

Du fidèle poirier, objet de tant de haine.

Ce fut pourtant, dit-on, en tapinois, sans bruit,

Qu'Oscar préleva l'usufruit,
Pour qu'Oscar eût raison, et non la châtelaine.

Que d'autres parmi nous en feraient tout autant !
Ce n'est pas là le point difficile à comprendre :
    Le point capital, important,
C'est que l'aimable Oscar, bientôt devenu grand,
Lui, si plein de talent dès l'âge le plus tendre,
Crut en avoir assez, pour ne plus rien apprendre ;
    Si bien, enfin, qu'au demeurant,
L'enfant de tant d'esprit fut un homme ignorant ;
    C'est à quoi l'on devait s'attendre :
    Fleur trop précoce, bien souvent,
    Se fane et tombe, au premier vent.

PLAISIRS D'ENFANCE.

Quand, sur les rives paternelles,
Je gaspillais mes premiers jours,
J'aimais, je m'en souviens toujours,
A regarder les hirondelles,
Arrivant, aux roses nouvelles,
De leur voyage de long cours.

Ni les aubépines fleuries,
Ni mon moineau, me becquetant,
Rien, non, rien ne me plaisait tant
Que mes hirondelles chéries,
Qui, sur les flots et les prairies,
Volaient, se croisaient, en chantant.

Moi, destructeur impitoyable
De tant de pauvres papillons,
De tant d'innocents oisillons,
J'aurais cru me rendre coupable
D'un crime atroce, impardonnable,
Si j'avais troublé leurs chansons.

Sans faire attendre aux voyageuses,
J'ouvrais, prêt à les recevoir,
Et j'étais sûr alors de voir
Leurs phalanges capricieuses
Se suspendre, en foule, joyeuses,
Aux toits obscurs de mon manoir.

Elles savaient toutes d'avance
Que nous étions toujours amis,
Que pour elles à mon logis
C'était toujours même abondance,
Et que chez moi la Providence
Leur avait préparé des nids.

Savaient-elles peut-être encore
Que là tout leur portait bonheur ;
Que là rien ne leur ferait peur,
Et, qu'avant la dixième aurore,
Leurs œufs, en paix, pourraient éclore,
Sans rien craindre du ravisseur.

Aussi, des brises printannières
Elles m'annonçaient le retour ;
Fidèles à faire leur cour,
Elles m'arrivaient les premières,
Pour ne partir que les dernières
Sur l'aile du dernier beau jour.

Et puis leur voix reconnaissante,
En beau langage, me disait,
Quand, à l'Orient, renaissait
Vénus, ou l'aube blanchissante,
Quand la tempête menaçante,
A l'horizon, s'épaississait.

A leur cou noir j'aimais à mettre,
Quand allaient gronder les autans,
Des colliers bleus, des colliers blancs,
Afin de les mieux reconnaître ;
Mais nulle, au rendez-vous du maître,
Ne manquait, au nouveau printemps.

Une surtout fut si fidèle,
Que, pendant cinq ans, de mes toits,
De ma fenêtre elle fit choix,
Et peut-être une main cruelle,
En la tuant, l'empêcha-t-elle
De revenir une autre fois.

Et maintenant, hélas ! je n'ose,
Oiseaux, de vous m'entretenir,
Et je ne puis vous voir venir
Sans dire : Eh ! quoi ! si peu de chose,
Une aile noire, un collier rose,
Un chant suffire à mon plaisir ?

Ah ! revenez, heures si belles,
Où, pour dissiper tout chagrin,
Et, pour rendre mon œil serein,
Il suffisait, sur mes poutrelles,
De voir deux ou trois hirondelles,
Gazouillant leur joli refrain.

Revenez, heures du jeune âge,
Où je pouvais compter mes jours,
Jours sans nuage, hélas ! trop courts,
Par le nombre et par le ramage
De ces oiseaux d'heureux présage,
Des hirondelles, mes amours.

JÉROME AU DÉSERT.

Terrores Domini militaverunt contra me.

Job.

I.

« Qu'est-ce donc, ô mon Dieu? quoi! Rome, toujours Rome,
» Toujours, autour de moi, quelque riant fantôme,
 » Toujours des festins, des concerts;
» Je ne vois que palais de porphyre, d'albâtre :
» Toujours gloire, plaisirs, que mon cœur idolâtre,
 » Toujours Rome, au fond des déserts!

» Oui, Jérôme est encore une mer bouillonnante,
» Il n'a pas dépouillé sa tunique brûlante,
 » Le corps n'est pas encor dompté :
» Impétueux coursier, il mord toujours ses rênes,
» Il semble regretter les accablantes chaînes,
 » Que si longtemps il a porté.

» Et pourtant, il a fait tout ce qu'il a pu faire :
» Il a fui loin du monde : aux vains bruits de la terre
 » Il a dit adieu, sans retour :
» De déserts il s'est fait une immense ceinture,
» Il déchire sa chair, il couche sur la dure :
 » Il pleure la nuit et le jour.

» Son corps est décharné, comme ce sol aride :
» Déjà le doigt du temps trace ride sur ride,
   » Sur mon front pâlissant :
» Mais n'importe la mort et les glaces de l'âge,
» J'entends toujours gronder la tempête et l'orage,
   » Dans les entrailles du volcan.

» Oh !... de quel sang, mon Dieu, l'avez-vous donc pétrie
» Cette chair de péché, qui sans cesse me crie :
   » Apporte, apporte encor?....
» A votre croix, en vain, je m'attache, et me cloue ;
» Satan voudrait toujours dans la fange et la boue
   » Traîner ce corps, à demi-mort.

» Solitudes, rochers, longs jeûnes, pénitence,
» Rien ne vaut, je le vois, la première innocence,
   » L'innocence de nos beaux jours :
» Malheureux que je suis ! au moment de la lutte,
» Mon corps, paralysé, se ressent de sa chute,
   » Le vieil homme reste toujours !...

» Plutôt que de laisser ma victoire incertaine,
» Rouvrez l'amphithéâtre, et, Seigneur, dans l'arène,
   » Oui, jetez mon corps au lion :
» Martyr, je saurai l'être, armé de votre grâce ;
» Des feux !.. Des chevalets !.. Je voudrais être Ignace,
   » Ne pouvant être Hilarion !...

» De mon esprit, du moins, effacez les images
» De Naples, de Baïa, trop célèbres rivages,
    » Souvenirs, trop cruels pour moi :
» Arrière le passé, n'en laissez nulle trace,
» Rayez ces tristes jours, et mettez, à leur place,
    » Les saintes transes de la foi!

» A d'autres, les douceurs des divines caresses,
» Les visions d'en haut, les transports, les ivresses;
    » A moi, les calices amers :
» A moi les lits d'épine et les rudes cilices,
    » A moi tout l'appareil de vos sombres justices,
    » A moi, les foudres, les éclairs!....

» Qu'est-ce donc, ô mon Dieu? quoi! Rome, toujours Rome,
» Toujours, autour de moi, quelque riant fantôme,
    » Toujours des fêtes, des concerts :
» Je ne vois que palais de porphyre, d'albâtre :
» Partout gloire, plaisirs que mon cœur idolâtre,
    » Toujours Rome, au fond des déserts!....

» Qu'entends-je? un bruit de pas à mon oreille arrive :
» Oh! quelle est cette voix caressante, plaintive,
    » Que j'entends, m'appelant tout bas :
» Que fais-tu là, Jérôme? ah! qu'est-ce?... je frissonne...
» Satan, retire-toi.... La force m'abandonne,
    » Votre bras, Seigneur, votre bras!! »

II.

Et, comme un naufragé, battu par la tourmente,
S'attache au mât, flottant sur la mer écumante,
    Jérôme à la croix se collait :
Il cherchait dans son cœur un reste d'énergie;
Mais la froide sueur, symptôme d'agonie,
    De tous ses membres ruisselait!...

Cependant, sur son front, qui se roulait à terre,
La grande voix de Dieu promenait son tonnerre,
    Le désert tremblait à l'entour;
Les rochers se fendaient à ce bruit de tempêtes,
Et Jérôme croyait entendre les trompettes
    Et les foudres du dernier jour :

Il voyait, sous ses pieds, s'entr'ouvrir les abîmes,
Les monts, prêts à rouler sur lui leurs hautes cimes;
    Et lui, tremblant, pâle d'effroi,
S'écriait : « Et pour qui cette tombe brûlante?
» Seigneur, pour qui ce glaive, à la pointe sanglante?
    » Jérôme, n'est-ce pas pour toi?...

» Pitié, pitié, mon Dieu, pitié! je vous en prie,
» Pour un pauvre pécheur, feuille trop tôt flétrie,
    » Qui porte encor son ver rongeur;

» Jérôme, voudrais-tu tomber, avec ton âme,
» Dans ces lieux dévorants, ce sépulcre de flamme,
   » Et sous la main d'un Dieu vengeur ? »

Et, quand la vision, mystérieuse, sombre,
Quand le char du Seigneur disparaissait dans l'ombre,
   Il entendait toujours sa voix :
Tremblant, comme le lierre, après un vent d'orage,
Il pleurait, et les pleurs, inondant son visage,
   Retombaient aux pieds de la croix.

Non, plus alors, pour lui, de bosquets d'Italie ;
Toujours, toujours plus loin de l'humaine folie,
   Il s'enfonçait dans les déserts !...
Un abri dans le roc, taillé par la nature,
Un palmier, lui prêtant son ombre et sa verdure,
   Le consolait de l'univers.

III.

Or, un jour qu'il lisait les pages prophétiques
Qu'Isaïe écrivit sur les chutes tragiques
   De Babylone et de Sidon ;
Rome revint encor, mais non plus couronnée
De festons, de plaisirs ; mais morne, détrônée,
   Demandant au monde pardon.

Car le barbare avait renversé ses murailles ;
Partout, on ne voyait qu'immenses funérailles,
    Que fugitifs que Dieu chassait :
Et, devant les débris de la reine du monde,
Qui venait s'abriter dans sa grotte profonde,
    L'anachorète se taisait !

LE ROSSIGNOL DE L'ERMITE.

I.

L'ERMITAGE.

Les lilas, les fleurs les plus belles,
Tout revient avec le printemps :
L'alouette revient aux champs,
Et l'hirondelle, à ses tourelles :

Mais en vain je cherche là-bas,
Sous ce buisson d'épine blanche,
Rien ne chante encor sur la branche ;
Mon rossignol ne revient pas !

Toujours avril, sous la feuillée,
Ramenait ce gai troubadour,

Avec ses ballades d'amour,
Ses romances pour la veillée :

Mais, quand des plus lointains climats,
L'oiseau-pèlerin nous arrive,
Philomèle seule est tardive,
Mon troubadour seul ne vient pas !...

De ton dernier pèlerinage,
Oiseau charmant, souviens-toi bien ;
As-tu jamais manqué de rien,
Dans mon tout petit ermitage ?...

J'ai des grottes et des taillis ;
J'ai des zéphirs, à tiède haleine,
Et, sur le bord de ma fontaine,
De la mousse pour tes petits.

J'ai de vieux murs, brodés de lierre,
De lianes et de gazon,
J'ai des échos, dans chaque pierre ;
J'ai des échos, à l'horizon :

On dirait le palais d'Armide,
Avec ses gracieux détours ;
Ou plutôt c'est la Thébaïde,
Où Paul coula de si beaux jours.

Ici, toujours paix et silence,
Ou, si l'on entend quelque bruit,
C'est le saule qui se balance,
Ou la cascade qui s'enfuit;

C'est, peut-être encor, la colombe,
Qui s'envole à mes jolis toits,
Et dont la gémissante voix
Fait ses adieux au jour, qui tombe....

Au fond de ce riant tableau,
Pour le rendre plus poétique,
Il te faudrait, aimable oiseau,
Avec ta voix, si romantique.

Et c'est aussi toi que j'attends;
Manques-tu?... pas de belle chose :
Le rossignol, avec la rose,
Voilà le charme du printemps.

Oui, sans ta voix qui les enchante,
Dans nos verts bosquets, que d'ennuis!
Que seraient les plus belles nuits,
Sans le rossignol, qui les chante?...

A mes yeux, tout est dépeuplé,
Même ces lieux qui t'ont vu naître!...

Ah! reviens donc, barde exilé,
Là, vis-à-vis, sous ma fenêtre :

Je voudrais, encore une fois,
Te voir, sous ces touffes fleuries;
Je voudrais, au son de ta voix,
Recommencer mes rêveries :

Viens : le premier rayon du jour
Dore la feuille, qui soupire;
Viens, j'ai déjà, pour ton retour,
Tendu les cordes de ma lyre!....

Mais en vain je cherche là-bas,
Sous ce buisson d'épine blanche :
Rien ne chante encor sur la branche;
Mon rossignol ne revient pas!...

II.

LE RETOUR.

Légère et vive,
Frisant la rive,
Une aile arrive;
C'est mon oiseau!...

Déjà plus lente,
Son aile aimante
Va tournoyante
Sur son berceau :

Quand je l'appelle,
Soudain fidèle,
A tire d'aile,
Il vole, il vient!...
C'est son plumage!...
Quoi! de l'ombrage
De l'ermitage
Il se souvient!

En bon ermite,
Oui, je t'invite :
De ta visite,
Oiseau, merci!...
Chez moi demeure,
Pour chanter l'heure ;
Que ma demeure
Soit tienne aussi!

Je sais, d'enfance,
Que ta présence
Donne espérance,
Brise et soleil :

Partout, où chante
Ta voix touchante,
L'onde est brillante,
Le ciel vermeil!...

Son pied se pose
Sur toute chose,
Son cou s'arrose
Sur chaque fleur;
Son œil volage
Va, vient, voyage
Sur le feuillage,
Plein de fraîcheur.

Il s'achemine
Vers l'aubépine....
Il examine,
Si le logis,
Au toit mobile,
Offre un asile,
Sûr et tranquille,
Pour ses petits;

Si la rosée,
Pour sa couvée,
Pend, irisée,
Au blanc buisson;

Si leur pâture
Rampe ou murmure,
Sous la verdure,
Sous le gazon.

III.

LE PRÉLUDE.

Est—ce zéphyre,
Ou toi, ma lyre,
Dont mon doigt tire
Ce son divin?...
Est—ce une feuille,
Que l'oiseau cueille,
Ou qui s'effeuille,
Sur le chemin?...

Non : tout sommeille,
Rose vermeille,
Aile d'abeille,
Feuille, arbrisseau :
Non, ni zéphyre,
Ni toi, ma lyre,
Rien ne soupire,
Rien que l'oiseau!...

C'est son murmure,
Sa voix si pure,
Sa douce allure,
Son abandon :
Hôte adorable,
C'est ton aimable,
Incomparable,
Expression !!!

Dans ce ramage
D'heureux présage,
Tout est image
Et sentiment!
Tout est mystère,
Grâce légère,
Voix printannière,
Enchantement!....

Telles ces voix mélodieuses,
Que l'on entend, parfois, à l'horizon lointain,
Ou qui viennent errer sur un front enfantin,
Pour lui rendre plus radieuses
Les heures d'innocence, ou les jeux du matin...

Ainsi, ce sont des sons vagues, mélancoliques,
Qu'il fredonne d'abord, sans vouloir achever :
Des soupirs expressifs et des notes féeriques,
Que lui seul sait trouver!....

Il gazouille, et se tait encore,
Comme un brillant compositeur,
Dont la légère main, avec grâce et lenteur,
Se promène d'abord sur le clavier sonore,
Du génie attendant le souffle inspirateur!

IV.

LE CHANT.

Mais, il a préludé; le rossignol commence!
   Quelle pureté dans les sons!...
   Quels arpèges!... quelle cadence!
   Quel mélange de tous les tons!...

   Tantôt sa voix, vive, élancée,
   Monte d'un gracieux essor,
   Légère comme une fusée,
   Qui s'élève et tombe en rosée
   De feu, d'azur, de pourpre et d'or;

   Tantôt grave, à demi-voilée,
   Elle n'est plus qu'un long soupir;
   Puis encor coquette, perlée,
   Elle palpite de plaisir :

Elle roule ses sons, les festonne, les noue,
A son gré, les ondule, à son gré, les renoue,
    Ou, tout à coup, passe au refrain;
    Mais, quoi qu'il brode, quoi qu'il joue,
    Que son ton soit grave ou badin,
Mon rossignol à tout donne son tour divin,
    Donne à tout sa grâce infinie;
    Chaque couplet du pèlerin
    Est un chef-d'œuvre d'harmonie!

    Vous entendez, tout à la fois,
    Dans son admirable langage,
    Le chant du serin dans sa cage,
    De la fauvette dans nos bois,
    De l'hirondelle sur nos toits,
    De l'alcyon sur le rivage....

    Si l'oiseau m'était inconnu,
    S'il restait caché sous l'ombrage,
    Si mes yeux n'avaient jamais vu
    Le Paganini du bocage,
    Je croirais que l'oiseau-parleur
    A beau corsage, riche plume,
    Que son éblouissant costume
    Scintille de toute couleur :

    Oui, je croirais que la nature
    En a fait son cher favori,

Une vivante miniature,
Le frère aîné du colibri;
Que sa gorge est toute empourprée,
Son aigrette du plus beau bleu;
Que son aile est toute dorée,
Son petit œil tout plein de feu,
Et que, de tout ce qui respire
Dans l'air, sous la feuille et sur l'eau,
Rien au monde n'est aussi beau;
Comme, de tout ce qui soupire,
Rien n'égale, j'ose le dire,
Pour le chant, mon petit oiseau!

Mais, de ces dons toujours avare,
Le ciel donne à chacun sa part; .
Au papillon, nouvel Icare,
Il donne la beauté sans fard;
Il donne au bluet inodore
Le tendre azur qui le décore;
A la colombe, la blancheur;
Au rossignol, la mélodie,
Et je ne sais quelle fraîcheur,
Quels accents et quelle magie,
Dont la harpe, pendante aux brises d'Éolie,
N'avait ni le brillant, ni la molle langueur!

Mais déjà l'ombre

4

Se fait moins sombre,
Au bois voisin :
Et, fleur fanée,
La matinée,
Touche au déclin.

Dans ma demeure,
Vient, à cette heure,
Trop de soleil;
Oiseau, silence!...
Rêve et commence
Ton doux sommeil!

Sa voix plus lente,
Plus languissante,
N'est plus qu'un son...
Et, c'est à peine
Si de la plaine
L'écho répond!...

Voix expirante,
Voix renaissante,
Barde chantant,
Adieu!... L'ermite
Part, mais te quitte,
Le cœur content!....

LES VOIX DU FOYER DOMESTIQUE.

A MON AMI F**, QUI M'INVITAIT A ALLER DANS SON PRESBYTÈRE.

> Il est facile et pur le bonheur de famille.
> (Ducis.)

Oui, je suis toujours invisible :
Comme mon cousin le hibou,
Je ne sais pas quitter mon trou,
Toujours le même.... Incorrigible !..

Car, tu le sais, la fourche en main,
On a beau chasser la nature,
Elle revient le lendemain,
Par la fenêtre ou la toiture :
Il faut donc subir son destin,
Et suivre, en bonne créature,
Cet indéfinissable instinct,
Qui pousse l'un hors de sa cure,
Et retient l'autre dans son coin,
Affublé, tant que le jour dure,
D'un feutre usé de coups de poing,
Vieil ami qu'il ne quitte point,
Pas plus que sa vieille nature.
Au reste, qu'irais-je chercher,

Touriste à l'humeur vagabonde ?
Hélas ! dans ma course inféconde,
Où trouverais-je mon clocher ?
Où trouverais-je, par le monde,
Mes paysages, mon noyer,
Et ces enfants à têtes blondes,
Ornement du petit foyer,
Dont les voix, les jeux et les rondes
Sont toujours là, pour m'égayer.

Où trouverais-je mon vieux père,
Et la tombe de mon aïeul ?...
Loin de ma sœur et de ma mère,
Ne serais-je pas sur la terre,
Comme l'étranger, partout seul ?...

Dieu nous sépare, hélas ! trop vite :
Voilà ce qu'ils disent toujours :
Et moi, rarement je les quitte,
M'abstenant de toute visite,
Qui viendrait abréger les jours,
Où sous le même toit j'habite,
Et qui sont pour nos cœurs trop courts !

Oui, j'ai beau me prêcher moi-même,
Autant en emporte le vent,
Et je suis casanier, quand même,
Casanier tout comme devant.

Et puis, dans mon réduit champêtre,
Tout m'est si doux, que je ne puis
Croire qu'ailleurs quelqu'un puisse être
Plus heureux que je ne le suis.

Ces bruits du foyer domestique,
C'est un concert vif, romantique,
Dont rien ne vient troubler l'accord :
C'est une céleste musique,
Je ne sais quoi de magnétique,
Qui nous plonge, nous plonge encor,
Dans ces flots d'ivresse extatique,
Où doucement l'âme s'endort!

Oh! oui, c'est bien là, la demeure
Où le ciel plaça mon berceau :
Là, jamais souci ne m'effleure;
Là, chacun s'empresse, à toute heure,
D'embellir de ce chœur si beau,
Toujours ancien, toujours nouveau,
La mélodie intérieure.

Car il n'est pas jusqu'au grillon,
Vieil hôte de ma solitude,
Qui ne travaille d'habitude
A compléter, à sa façon,
Par ses chants, son gai carillon,
Ma petite béatitude!

CONSOLATION.

A MON JEUNE AMI L. DE P**, A PROPOS D'UNE ÉLÉGIE COMPOSÉE PAR LUI
SUR LA MORT DE SA MÈRE.

...... *Quisquis es, o juvenis, solamen habeto.*
(OVIDE.)

Pourquoi, toujours assis au bord du mausolée,
D'un abîme endormi troubler encor les flots?
Ami, pourquoi ta voix plaintive, désolée,
  Éclate-t-elle en longs sanglots?...

Ta mère est au cercueil! rien ne peut te la rendre,
Depuis qu'un vent de mort emporta ses beaux ans ;
Elle n'est plus, Louis; n'éveille pas sa cendre,
  Elle dort depuis si longtemps!...

Elle dort!... Et voilà pourquoi ta voix pleurante
Se traîne, en soupirant, au milieu des tombeaux,
Triste comme l'adieu d'une bouche mourante
  Qu'emportent les vents et les flots :

Voilà pourquoi, cherchant tes heureux jours d'enfance,
Ton œil rencontre un jour, qui le remplit de pleurs,

Jour, qui fit couronner ton front, beau d'innocence,
   De noirs cyprès, au lieu de fleurs!

Voilà pourquoi la vie est pour toi plus amère
Que la coupe d'absinthe à l'enfant nouveau-né,
Pourquoi tu veux couvrir d'un voile funéraire
   Le jour où tu nous fus donné!...

Ta mère, elle n'estplus!... Et c'est pourquoi ton âme
Pleure et se meurt en toi, quand tu vois, en passant,
Un enfant se jouer dans les bras d'une femme,
   Et puis sourire en l'embrassant!....

Ah! si tu veux, ami, qu'aux dégoûts de la vie
Se mêlent désormais quelques gouttes de miel,
Songe que cette mère, à ton amour ravie,
   Tu dois encor la voir au ciel.

C'est là-haut qu'elle allait, quand sa bouche glacée
Imprimait sur ton front le baiser du départ,
Alors qu'en murmurant sa dernière pensée,
   Elle disait : « Mon fils, plus tard,

» Tu partiras aussi, comme part l'hirondelle,
» Cherchant d'autres printemps dans un climat lointain;
» Car, enfant, nous passons et nous partons comme elle,
   » Moi, maintenant, et toi, demain!... »

Ne la demande plus à la nuit, à l'aurore :
Laisse le champ des morts : ta mère n'est pas là ;
Au lieu de la pleurer, puisqu'elle vit encore,
　　Puisqu'elle est mère, prions-la ;

Afin que chaque fois qu'on te verra paraître,
Chacun, d'un nom plus doux, se prenne à te nommer,
Afin que tous les cœurs qui pourront te connaître
　　T'aiment, comme ils savaient l'aimer !...

Et puis, que de ses pleurs toujours il te souvienne !
Elle suit, de là-haut, son jeune combattant,
Elle te voit, Louis, au milieu de l'arène,
　　Et, les bras ouverts, elle attend !

CONCERT DE MON GOUT.

Trahit sua quemque voluptas.

À MON AMI L'ABBÉ P**.

La musique c'est ta marotte !
Il t'en faudrait partout, toujours ;
Et, sans elle, mainte dévote,

Me dis-tu, comme la marmotte,
S'endormirait à nos discours.

Crois-le, si c'est ta fantaisie :
Car, je ne veux pas pour si peu
Que nos deux sœurs, la poésie
Et la musique, ton amie,
S'égratignent au nom de Dieu.

Oui, la musique est sainte et belle,
C'est l'écho du ciel parmi nous,
Quand, dans le fond d'une chapelle,
Sa voix aux voix d'enfants se mêle,
Et nous fait tomber à genoux.

Elle est belle aux grands jours de fête,
Quand l'orgue sous son doigt frémit ;
On croirait ouïr la tempête,
Et la terre courbant la tête
Qui se repent, prie et gémit.

Elle est belle, elle me ravive,
Quand le soir dans les vieux castels
Elle prête sa voix, si vive,
Devant la famille attentive,
Aux chants pieux, aux vieux noëls.

Et pour lors ma muse boudeuse
A sa sœur ferait les yeux doux,
Et, sans se montrer scrupuleuse,
On la verrait marcher heureuse
Près d'elle, bras dessus dessous.

Mais, souvent à sa molle allure,
Dirait-on la fille du ciel,
Dirait-on cette vierge pure,
Simple en son air, en sa parure,
Qui soupirait sur le Carmel?...

Quels pensers en nous elle éveille!
C'est d'abord concert enchanteur,
Tout est enivrement, merveille;
Mais le miel qui coule à l'oreille
Se change en poison dans le cœur.

Mon ami, pour toute harmonie,
Je préfère une voix d'oiseau,
Un chant de nuit dans la prairie,
Un soupir de feuille flétrie,
Roulant dans l'air ou le ruisseau.

Je souffre alors peu du vacarme,
Premier point! mais, point capital,
Je ris, je pleure, et rire et larme,

Dans ce concert qui seul me charme,
A coup sûr ne font jamais mal.

LA PETITE MINA.

Il neigeait. — Or, Mina la belle,
La belle enfant de la maison,
Blanches mains, robe à l'unisson,
Je veux dire blanche comme elle,
Tandis que sa mère lisait,
Après le dessert, quelque fable,
En se jouant d'un air aimable,
Écoutait et puis ramassait
Les miettes que chacun laissait
Sur le bord de la grande table;
Et quand tout le monde prenait
Place autour du feu qui pétille,
Mina, petite bonne fille,
Vers la porte allait et venait,
Et tant faisait qu'elle sortait,
De blanches miettes la main pleine,
Et dans la cour, sous le grand chêne,
Sans rien dire, elle les jetait
Aux petits oiseaux de la plaine;

Et petits oiseaux ; à l'instant,
Approchaient et volaient à terre ;
Et Mina qui les voyait faire
S'en revenait, le cœur content,
S'asseoir à côté de sa mère ;
Et là, quand, revolant aux toits,
Les passereaux faisaient entendre
Leur naïve et joyeuse voix,
Son cœur palpitait à se fendre,
Et bien souvent, sans la comprendre,
Dans ses yeux bleus, ses jolis doigts
Retenaient quelque larme tendre,
Si douce pourtant à répandre,
Qu'elle échappait plus d'une fois.

Un jour, de froid toute tremblante,
Et de froid les doigts tout rougis,
Après son aumône touchante,
La pauvre petite innocente
S'asseyait heureuse au logis,
Près de la flamme éblouissante :
Et la mère, qui, ce jour-là,
Venait de surprendre Mina
Avec sa petite famille,
Lui demanda : Pourquoi, ma fille,
Pourquoi Mina, fais-tu cela?....
—C'est que dans nos champs sans verdure,

Tout est neige, tristes frimas;
Les petits oiseaux, sans pâture,
Sont pauvres, ne le vois-tu pas?
Et voilà pourquoi je leur donne
Ce peu de pain pour les nourrir :
Le riche au pauvre fait l'aumône;
L'aumône empêche de mourir.
—Espères-tu, pauvre petite,
Nourrir tous les oiseaux sans pain?
Il en est tant qui sont sans gîte;
Il en est tant sur le chemin!!...
—Mais aussi chaque enfant apporte,
Répond Mina d'un air serein,
A tout oiseau son petit grain,
Comme tout riche ouvre sa porte
A tout pauvre qui dit : J'ai faim!!
Le père, à ces mots, de sourire,
Et, de doux pleurs l'œil humecté,
Sa mère, en l'embrassant, soupire,
Et ne sait plus alors que dire :
Adorable simplicité!!!....

MOIS DE MAI.

Je vois la nature renaître :
Après la saison des frimas,
Le printemps commence à paraître,
Mai le couronne de lilas :
Partout le souffle de la vie,
Partout des lyres et des voix ;
Le long des flots, le long des bois,
On n'entend plus que mélodie.

A voir cette moisson de fleurs
Dont la campagne se décore,
A voir les riantes couleurs
Dont le bleu firmament se dore,
On dirait un jour de l'Éden ;
Et la terre avec sa parure
Ressemble à cette vierge pure
Que vient de couronner l'hymen.

Oh ! savez-vous celle qui verse
Tous ces trésors sur nos sentiers,
Et dont la main suspend et berce
Les nids plaintifs de nos ramiers ?

Si rien ne vous l'a dit encore,
Regardez : vous lirez son nom
Sur les roses, et sur le front
Des étoiles et de l'aurore.

Il se mêle au refrain touchant
Que chante au jour l'onde azurée,
Et bientôt le soleil couchant
L'aura sur sa robe empourprée :
Il ira se mêler aux bruits
Des cloches et des ermitages,
Et flotter sur les blancs nuages
Qui voilent la reine des nuits.

Oui, vous seule, vierge Marie,
Donnez à mai tous ses attraits,
A nos jardins leur broderie,
Aux arbres leurs abris si frais :
C'est votre haleine que j'aspire
Dans tous les souffles du printemps,
Et la lumière de nos champs
N'est-ce pas votre doux sourire?

LES DEUX ÉCUREUILS.

Deux écureuils, tous les deux du même âge,
Comme frères jumeaux, unis depuis longtemps,
Avaient même hamac, même toit, même ombrage,
Même table en été, même table au printemps ;
      Et que fallait-il davantage
      Dans leur joli petit ménage
Pour être sans désirs et pour vivre contents?

    Trop de bonheur, hélas! nous embarrasse....
L'un de nos vieux amis, las de ne voir jamais
Que le même horizon et qu'un coin de l'espace,
Crut qu'en courant le monde et qu'en changeant de place
Il serait plus heureux : ce rêve a tant d'attraits!!
Le temps, les lieux voisins, tout à ses beaux souhaits
Ouvrait un vaste champ. — De leur douce retraite
      Un fleuve protégeait l'abord :
      En regardant de l'autre bord
Notre écureuil voyait bois, taillis, pin, noisette;
De cet Eldorado hasarder la conquête,
Voilà ni plus ni moins ce qu'il s'est mis en tête;
      Il s'en explique tout d'abord :
» Frère, vois-tu là-bas ce fortuné rivage?
» Vois-tu ces frais bosquets, ces arbres toujours verts?
      » Séjour charmant; là plus d'hivers!....

» Quittons, quittons enfin ce lieu triste et sauvage,

  » Laissons aux hibous ces déserts ;

  » Dieu le veut !... Ami du courage !....

» La fortune est pour nous : et qui sait? d'âge en âge,

» Si de cet océan nous tentons le passage,

» On parlera de toi, de moi dans l'univers. »

L'autre, alarmé, lui dit les dangers du voyage :

L'onde est calme, il est vrai, le ciel est sans nuage ;

Mais d'ici jusque-là le trajet est bien long ;

Mais le vent peut souffler ; mais le fleuve est profond ;

Et puis je veux mourir aux lieux qui m'ont vu naître !...

Voilà tantôt cinq ans que nous sommes heureux ;

Tu ne m'aimes donc plus, cruel?.... Hélas! peut-être

Tu seras seul là-bas! ici nous étions deux....

Reste, reste avec moi.... Vains efforts, vers la plage

Il faut s'acheminer. — Oui, oui, je partirai ;

Mais, frère, aussi dans peu content je reviendrai,

  Et, de retour, je te raconterai

  L'histoire de mon long voyage :

  Au revoir !.... C'est son dernier mot.

  Sur une écorce de bouleau,

  Que lui jette le flot limpide,

L'imprudent voyageur, l'œil de larmes humide,

S'assied, et puis, monté sur ce léger canot,

Il part, la queue aux vents, sans voile et sans boussole :

  Tel ce génie entreprenant,

Que l'on traita longtemps aussi de tête folle,
Tel l'illustre Génois, grâce pour l'hyperbole,
Allait chercher au loin son nouveau continent.
    D'abord du liquide élément
Sans obstacle effleurant la riante surface,
La pirogue s'enfuit : de moment en moment
La rive disparaît et puis bientôt s'efface :
Les flots, partout les flots; les cieux, partout les cieux!
Qu'il fait beau voyager! quel spectacle, grands dieux!
Le voilà donc, enfin, l'Océan atlantique...
Voilà donc l'Équateur et le pôle antarctique.
Tous les bâtons flottants que rencontraient ses yeux
Étaient pour l'écureuil des mondes spacieux :
A travers les brouillards de son ardeur nautique,
Il crut même en passant entrevoir l'Amérique.
Bien fou, se disait-il, qui n'ose faire un pas!
    Croupissez donc dans l'ignorance;
En voyageant, au moins on acquiert la science,
Et l'on comprend un peu les choses d'ici-bas.
Il faudra bien un jour que j'aille voir l'Atlas,
    Et le Spiztberg et Caraccas,
    Et le cap de Bonne-Espérance.

    Un coup de vent, par grand malheur,
    Prenant en poupe la pirogue,
    Vint interrompre l'orateur
    Au milieu de son monologue.

Il regarde le ciel, regarde l'horizon :
Dieu! le temps s'obscurcit; la vague est écumante;
N'importe! n'est-ce pas au sein de la tourmente
Que Gama s'était fait autrefois un grand nom?
            Toujours calme, toujours tranquille,
Il élargit sa voile, il l'amène à propos,
        Et, par une manœuvre habile,
        A travers le houleux chaos,
Il avance toujours, toujours bravant les flots,
Comme un vieux timonier, à son poste immobile.

Que faisait cependant l'écureuil casanier?
Il resta seul longtemps sur le bord solitaire,
Suivant des yeux l'esquif qui s'éloignait de terre :
Puis, sitôt qu'il a vu les flots noirs ondoyer,
Il pâlit, il frissonne, et tout plein de son frère,
        Si confiant, si téméraire,
Il monte au haut donjon d'un antique noyer,
Et de là, triste et morne, interrogeant l'abîme,
Il voit partout les flots entre-choquant leur cîme;
Il voit partout l'orage et le ciel menaçant;
Mais de navire point... Rien au lointain qu'une ombre...
« Mon frère, est-ce bien toi perdu dans la nuit sombre?
» Est-ce toi, pauvre ami, triste jouet du vent,
» Qui sur ces grandes eaux remonte et puis retombe?
» Neptune, sauve-le, ramène-le vivant!
        » Je te promets une hécatombe. »

Et puis de branche en branche il courait haletant.

Le *Saint-Géran* sombrait : à ce suprême instant,
Le pauvret hisse en vain le signal de détresse,
Il lutte, il reparaît : hélas! courage, adresse,
Rien ne peut maîtriser le terrible élément.....
Tout disparaît, enfin! ô désenchantement!
O remords trop cruels! en mourant sa tendresse
Se ressouvient d'Argos, des adieux du départ;
        Il se rappelle, mais trop tard,
Ce frère inconsolé qui mourra de tristesse;
        Tandis que vers les sombres bords,
Son âme en gémissant poursuivait son voyage,
        Une vague jetait son corps
        Et sa pirogue sur la plage.
        Et le lendemain du naufrage,
        Le compagnon de son jeune âge,
        Le tendre Euryale était mort,
        Et gagnait le même rivage,
Sans doute pour le voir et pour l'aimer encor.
        Faut-il au cœur des preuves pour le croire?

J'étais petit enfant, quand ma mère autrefois
        Me racontait cette touchante histoire;
Et moi, je l'ai gardée au fond de ma mémoire,
Et me la rappelant, je pleure bien des fois.
        Curiosité trop souvent nous entraîne

A voyager, à voir, à prendre notre essor :
Enfants, fermons l'oreille à sa voix de sirène ;
Rappelons l'écureuil et sa course lointaine :
    Oui, cette voix, qui nous charme, nous mène
      Au péril, à la mort.

REPAS D'AMIS.

Dulce est desipere in loco.
(HORACE.)

INVITATION.

Un petit, mais joli chapon,
Fraîchement arrivé du Maine,
Dans un grand plat, sur du cresson,
T'appelle, ce soir, à Toulenne ;
Et, pour te parler sans façon,
Si tu nous portais de Langon
D'huîtres une demi-centaine,
Et la bouteille à long bouchon,
Je te promets, foi de gascon,
Que nous chasserions la migraine,
Que de bon cœur nous trinquerions

A ta santé, comme à la mienne !
Après quoi, nous disserterions
Sur nos ministres embryons,
Les sans-culottes, les lions,
Abd-el-Kader et l'hygiène.

Un peu de folie à propos
Ne fait pas mal, je te l'assure ;
Mais ne crois pas sur ces deux mots,
Que nous logions chez Epicure ;
J'aime assez les petits repas
Où l'on s'amuse sans médire,
Où l'on sert trois ou quatre plats,
Et le meilleur plat, c'est le rire :
Le cas posé, je ne vois pas
Qui pourrait trouver à redire.

LES DEUX BERGERONNETTES.

Bonjour, douce bergeronnette,
Fille des eaux, fille des champs :
Salut ! oiseau, cher au poète,
Tu viens donc ici, ma pauvrette,

Te mettre à l'abri des méchants.

Au noir chagrin j'étais en proie :
Mes rossignols s'étaient enfuis :
Oh! je crois que le ciel t'envoie
Pour ramener ici la joie,
Et dissiper tous mes ennuis.

Viens donc autour de moi t'ébattre,
Comme à l'entour du laboureur ;
Suis-moi, comme tu suis le pâtre ;
J'aime ton air vif et folâtre,
Bergeronnette, n'aies point peur.

Une sœur t'arrive!... Elle est belle,
Noire et blanche, tout comme toi :
Tu n'es plus seule : elle t'appelle,
Elle vole : vole comme elle,
Comme elle vole autour de moi.

Allons tous trois de compagnie,
Attrapons, attrapons encor,
Le long de la rive fleurie,
A travers les airs, la prairie,
Moi des vers, vous des mouches d'or.

Le ciel est beau, le flot murmure :
J'ai besoin, je ne sais pourquoi,

De chanter avec la nature :
Errant, volant à l'aventure,
Chantez, chantez autour de moi.

Tout semble ici fait pour nous plaire...
Mais quoi !... Sitôt, oiseaux heureux,
Vous vous battez !... Ah !... Sur la terre,
Sans nous faire à l'instant la guerre,
Nous ne pouvons donc être deux !

Et cela, pour avoir peut-être
Une herbe, objet de grands débats,
Une fleur qui commence à naître,
Un ciron qui va disparaître
Avant la fin de vos combats.

N'eûtes-vous pas la même mère,
Le même nid pour vous couvrir?
Pauvres petits, couple éphémère,
N'avez-vous pas sous la fougère
Plus qu'il ne faut pour vous nourrir?...

Vivons, de grâce, en bon ménage,
Filles des airs, filles des champs,
Charmantes sœurs, au blanc corsage :
Tous les trois, oiseaux de passage,
Recommençons nos joyeux chants.

LE MISSIONNAIRE CHEZ LES NATCHEZ.

Quàm pulchri sunt pedes evangelisantis
pacem , evangelisantium bona !
(ISAÏE.)

Seul, il avait franchi les torrents, les savanes,
Cherchant toujours de l'œil quelques pauvres cabanes,
Où, prêtre, il pût parler du ciel, et puis mourir...
Mais à ses yeux encor rien n'est venu s'offrir,
Pas un être vivant, toujours même silence,
Toujours la faim, la soif, la solitude immense !....

L'apôtre du désert, épuisé, s'est assis ;
Il ne pourra donc voir la riante oasis,
Qu'il rêva, si longtemps, dans un autre hémisphère !
Il aura tout quitté, sa patrie et sa mère,
Il aura traversé l'immensité des mers,
Et pourquoi?.... Pour mourir dans le fond des déserts.

Cependant il portait, à ce peuple infidèle,
Le beau nom de Jésus et la bonne nouvelle !...
Qu'il eût voulu, le soir, lui parler de celui
Qui, quoique méconnu, songe toujours à lui !
Il aurait, pas à pas, suivi la caravane,
Donnant à tous leur part de la divine manne ;

5

Peut-être qu'à sa voix le désert, quelque jour,
Eût exhalé vers Dieu son cantique d'amour,
Et qu'il eût, en mourant, trouvé là, pour suaire,
L'amour de tout un peuple, et le doux nom de père.

A ces tristes pensers, pâle, silencieux,
Il regarde le ciel, puis contemple ces lieux,
Où quelqu'autre viendra répandre la lumière,
Peut-être aussi pleurer sur la cendre d'un frère !
Tel Moïse, expirant, des sommets du Nébo,
Voyait, à l'horizon, Béthel et Jéricho ;
Tels ses derniers adieux ! — Le généreux apôtre,
De ce monde exilé, tendait ses bras vers l'autre....
Que béni soit le ciel ! Il sait se résigner,
Et partir, s'il le faut, sans avoir pu gagner
Un néophyte à Dieu, sans avoir fait connaître
Le signe du salut et le baiser du maître !...
Et cependant le jour, vers l'horizon, baissait,
Et le grand Océan, au lointain, mugissait.

II.

A travers le grand bois, où règne la nuit sombre,
Une hutte apparaît.... La voyez-vous, dans l'ombre ?...
Là brille, par moments, une pâle clarté ;
Là, tandis qu'à l'entour les torrents roulent, grondent,
Des femmes, des enfants, au regard attristé,
Chantent, et des vieillards à leurs doux chants répondent :

« Le pauvre blanc!... Il allait donc mourir,
» Quand il m'a vu poursuivre la gazelle ;
» Je l'ai laissée aussitôt, pour courir
» Vers lui, tremblante et plus rapide qu'elle.

» Bel étranger, si tu pouvais savoir
» Combien pour nous tes pieds sont beaux à voir!

» C'est Siora, qui toujours la première
» Porte secours au pauvre voyageur ;
» Pourquoi cacher, Siora, ton bonheur,
» Et les doux pleurs qui mouillent ta paupière?

» Bel étranger! si tu pouvais savoir
» Combien pour nous tes pieds sont beaux à voir!

» De verts rameaux, de feuilles, de lianes,
» Pour le porter nous avons fait un lit;
» Et notre cœur, comme le grand Esprit,
» Tout nous disait : Ouvrez-lui vos cabanes.

» Bel étranger! si tu pouvais savoir
» Combien pour nous tes pieds sont beaux à voir!

» Nous avons fait, sur ses lèvres avides,
» Couler le lait, couler le miel doré,
» Et depuis lors son front décoloré
» Et ses beaux traits deviennent moins livides

» Bel étranger! si tu pouvais savoir
» Combien pour nous tes pieds sont beaux à voir!

» Des bords lointains de la grande cascade
» Après-demain nos chasseurs reviendront,
» Et les doux mêts, qu'ils nous apporteront,
» Seront gardés pour nourrir le malade :

» Bel étranger! si tu pouvais savoir
» Combien pour nous tes pieds sont beaux à voir!

» Oh!... Si j'avais l'aile rapide et rose
» Du Tangara, j'irais, vîte j'irais
» Dans la vallée, et partout je dirais :
» Venez! un blanc sous notre toit repose!

» Bel étranger! si tu pouvais savoir
» Combien pour nous tes pieds sont beaux à voir!

» Le voilà bien l'ange d'heureux présage
» Qui vient à nous : j'en vis un autrefois
» Chez les Chaktas, et je sais que sa voix
» Leur amenait des jours purs, sans nuage :

» Bel étranger! si tu pouvais savoir
» Combien pour nous tes pieds sont beaux à voir!

» Aimable blanc, j'aimerais à le croire,
» C'est pour nous voir et pour bénir nos fils,

» Que tu quittas, si jeune, ton pays :
» Baisons, mes sœurs, baisons sa robe noire.

» Bel étranger! si tu pouvais savoir
» Combien pour nous tes pieds sont beaux à voir!

» Quand, l'autre soir, à l'ombre de l'érable
» Je sommeillais et respirais le frais,
» J'eus un beau songe!... Et plus je vois ses traits,
» Plus ce beau blanc à mon songe est semblable.

» Bel étranger! si tu pouvais savoir
» Combien pour nous tes traits sont doux à voir! »

III.

La cabane a tremblé!... L'ouragan sur leur tête
Grondait, et des rochers les lugubres échos
Mêlaient leur grande voix au bruit des grandes eaux :
Les Natchez, un moment, écoutent la tempête;
Puis, tandis que les vents murmurent dans les bois,
En sons toujours plaintifs chantent les mêmes voix :

« La foudre tombe et frappe la montagne....
» Oh! quelle nuit!... Pauvre blanc inconnu,
» Que serais-tu maintenant devenu,
» Sans cet Esprit qui vers nous t'accompagne?

» Bel étranger! si tu pouvais savoir
» Combien pour nous tes pieds sont beaux à voir!

» Tu nous diras bientôt ton long voyage,
» Ton Dieu, ton nom, ce que l'on sait ailleurs,
» Et si, là-bas, les étés sont meilleurs,
» Et si, là-bas, l'on s'aime davantage.

» Bel étranger! si tu pouvais savoir
» Combien pour nous tes pieds sont beaux à voir!

» Si tu le veux, ton Dieu sera le nôtre,
» Et si la hutte où, ce soir, nous pleurons,
» Te paraît belle, eh bien! nous, nous irons,
» Tout près d'ici, nous en bâtir une autre.

» Bel étranger! si tu pouvais savoir
» Combien pour nous tes pieds sont beaux à voir!

» Nous te ferons une épaisse fourrure
» Avec l'hermine et la peau du castor,
» Et puis, bien tard, lorsque tu seras mort,
» Nous te ferons un tombeau de verdure.

» Bel étranger! si tu pouvais savoir
» Combien pour nous tes pieds sont beaux à voir!

» S'il nous faut fuir aux terres étrangères,
» Loin des méchants, qui nous dépouillent tous,

» Tu partiras, quoique mort, avec nous,
» Avec les os vénérés de nos pères.

» Bel étranger! si tu pouvais savoir
» Combien pour nous tes pieds sont beaux à voir!

» Depuis qu'il est sous ce toit de feuillage,
» Voyez, mes sœurs, le ciel s'est éclairci,
» La lune brille, un rayon vient ici;
» Aimable blanc, n'est-ce pas ton image?...

» Bel étranger! si tu pouvais savoir
» Combien pour nous tes pieds sont beaux à voir!

» Son pâle front, penché sur son épaule,
» S'est relevé vers nous avec amour;
» Ah!... S'il allait nous parler à son tour,
» Le miel serait moins doux que sa parole.

» Bel étranger! si tu pouvais savoir
» Combien pour nous tes pieds sont beaux à voir! »

Or, quand de ses rayons l'aube dora la case,
Le doux chant des Natchez venait d'être achevé,
Et l'apôtre, en silence, et plongé dans l'extase,
Regardait... C'était là plus qu'il n'avait rêvé!

HEUREUSE MÉDIOCRITÉ.

> Mes vœux sont courts : les voici tous :
> Qu'un peu d'aisance entre chez nous
> Et que jamais vertu n'en sorte !
>
> (Ducis.)

INVITATION.

Qui veut faire un heureux voyage
Ne va pas, imprudent nocher,
Braver la haute mer, ni, craignant le naufrage,
De trop près raser du rivage
Le perfide rocher :

Sur la terre, comme sur l'onde,
Pour bien voguer, vivre heureux et content,
Il faut, sans être au large, avoir assez pourtant ;
La médiocrité vaut tous les biens du monde :
Elle n'habite pas le toit hideux, immonde,
Ni le palais, d'or éclatant.

Loin du tracas, à l'abri de l'envie,
Loin des regards et des grandeurs,
Elle voit, jour par jour, couler son humble vie,

Comme en un coin de la prairie
Le filet d'eau parmi les fleurs...

Elle sait que souvent la foudre éclate, tombe
Sur les cèdres altiers et les plus hautes tours,
Tandis qu'à nos côtés elle épargne toujours
Le frêle nid de la colombe.

Aux autres laissant donc adorer le veau d'or,
Et courir après la fumée,
Pour moi, je me suis fait, en attendant la mort,
Un paradis de ma retraite aimée.

Il est bien vrai que ma maison
Est d'assez bizarre structure;
Mais, malgré son architecture,
De ma chambre, en toute saison,
Ma perspective, à l'horizon,
N'est pas si mal, je te l'assure :

De ma croisée entr'ouvrant les rideaux,
Près de moi je vois la Garonne
Refléter dans ses belles eaux
L'astre du soir, l'ombre des verts côteaux,
Et le canot qui la sillonne.

Et dans mon gracieux lointain,
Quand fuit la brume du matin,

Je vois des clochers de village,
Des toits de chaume, à travers le feuillage,
Un foyer qui s'allume, un autre qui s'éteint;
Est-ce là tout mon paysage?
Non. — Pour compléter ce croquis,
Près de mon tout petit logis,
Voyez ces fleurs : c'est mon parterre.
Plus bas c'est mon vallon avec son doux mystère,
Ma cascade, argentant ces vieux murs rembrunis;
Et dans ce coin frais, solitaire,
Où flotte, sur le soir, un reste de lumière,
Sous ce riant pommier, c'est ma grotte de lierre,
Assez large pour deux amis.

Ma chambre n'est pas merveilleuse :
Elle est assez grande pourtant,
Assez commode et spacieuse;
Sans luxe et sans trop d'ornement,
Elle ressemble peu par son ameublement
Au boudoir d'une précieuse.

Aux murs, ce n'est point Raphaël,
Ni Le Poussin, ni Le Corrège,
Mais quelques essais de collége,
Quelques dessins au crayon, au pastel :

A droite, un joli secrétaire
Surmonté d'un vieux crucifix,

Avec quelques livres choisis,
Ma grande bible, mon bréviaire;
Et de fait, je me trouve assis,
Pour te compléter l'inventaire,
Entre Horace, le bon Ducis,
Châteaubriand, Bernardin de Saint-Pierre,
La Fontaine, Gresset, mes auteurs favoris.

Mais suspendons ce long voyage
Autour de mon appartement :
Asseyons-nous, s'il vous plaît, un moment
Sur ce sopha du moyen âge,
De mon aïeul précieux héritage :
Il prévoyait assurément
Que j'en ferais un bon usage....

Dieu! que j'aime ce meuble-là!
Comme, à la mode italienne,
Ou plutôt en demi-pacha,
J'aime à faire sur ce sopha
La suave méridienne!!

Et qui pourrait dire combien
De vers badins, éclos d'un rien,
Roses d'un jour, bluet ou feuille morte,
Ont pris d'ici leur vol aérien,
Pour aller frapper à la porte

De quelqu'ami qui s'en souvient,
Et qui près de son cœur les porte !

Si maintenant dans mon salon,
Vous voulez prendre place à table,
Vous n'aurez là ni Haut-Brion,
Ni Frontignan, ni Saint-Émilion ;
Mais un potage confortable,
Un petit vin assez potable,
Légume au lard, rôt assez bon ;
Bref, un service bien passable,
Toujours surtout visage aimable,
Joyeux propos, doux abandon ;
Dût maint plaisant, non sans quelque raison,
Trouver la chose assez peu vraisemblable.

Or, tout cela sort de mon crû ;
Tout ce qui paraît sur la scène,
Jusqu'à mon dessert, est venu
Dans quelque coin de mon domaine.

Ainsi, voilà de ma félicité
L'esquisse à peu près achevée,
Voilà la médiocrité
Ainsi que je l'avais rêvée ;
Et c'est là la divinité
Dont l'inépuisable bonté
Dore sans bruit ma destinée.

Ah! si j'avais vécu du temps
D'Horace, Ovide et compagnie,
J'aurais, sans épargner l'encens,
Sur un autel d'herbe fleurie,
A ma divinité chérie,
Avec reconnaissance, immolé tous les ans
Un tendre agneau, mais des plus blancs,
Des plus beaux de ma bergerie.

Si donc, ami, pour te distraire un peu,
Et pour goûter de ma retraite,
Tu viens visiter le poète,
Tu trouveras sa table prête;
Et ce jour-là, s'il plaît à Dieu,
Nous ferons au logis grand feu,
Grand tapage, petite fête,
Jusqu'à ce qu'on se dise adieu,
L'âme contente et satisfaite.

Pour mon adresse, la voici :
Je loge au petit hermitage,
Tout près du meunier Sans-Souci;
De bien savoir à quel étage
N'est pas un point, à vrai dire, éclairci;
Mais ton regard, ton cœur d'ami
Saura bien me trouver, je gage.

L'ENFANT ET L'ANGE DU BERCEAU.

Tous les deux, ils ont robe blanche,
Auréole autour de leurs fronts :
Seulement, comme deux boutons,
Suspendus à la même branche,
Et baignés des mêmes rayons,
Le front de l'ange, aux cheveux blonds,
Sur le front de l'enfant se penche.

Il écoute si l'enfant dort :
Car pour lui, son gardien céleste,
Ne fermant jamais ses cils d'or,
Immobile, sans bruit, sans geste,
Le jour, la nuit, sans cesse il reste
A veiller sur ce doux trésor.

Dans cette âme splendide et pure,
L'ange se mire comme au ciel :
Et cette frêle créature,
Si près de lui par sa nature,
Porte son nom : c'est Gabriel !

Et voilà pourquoi sur sa couche,
Il reste penché nuit et jour ;

Voilà pourquoi ses yeux, sa bouche,
Il ne les baise, il ne les touche
Qu'avec respect, qu'avec amour.

Et comme dans une autre sphère
L'ange du ciel ne peut encor
Emporter l'ange de la terre,
Il prie, et voici la prière
Qu'au chevet de l'enfant qui dort,
Il fait tout bas à côté de sa mère :

« Pour elle et moi, mon Dieu, je vous rends grâce!
» Car c'est à nous que vous le confiez,
» Ce bel enfant, ange aussi, dont j'embrasse
            » Les mains, les pieds.

» Il porte encor la robe baptismale!
» Quel air céleste! ô mon Dieu, qu'il est doux
» Tout ce parfum d'une âme virginale
            » Qui monte à vous!

» Rien de si pur ne vous vient de la terre,
» Ni du feston qui couronne l'autel,
» Ni du rosier qui fleurit solitaire
            » Sur le Carmel!

» Oh! gardez-le, Seigneur, toujours sans tache,

» Ce lis, encor dans toute sa fraîcheur!
» Et que cette âme à la mienne s'attache,
   » Comme une sœur !

» Puisque ce temps, où l'âme est neuve encore,
» Pour eux, hélas! est le temps le plus beau,
» Cachez-lui tout — et faites qu'il ignore....
   » Jusqu'au tombeau !

» Ne souffrez pas qu'un seul nuage effleure
» Ce front divin, si pur et si vermeil!
» Qu'au moins jamais remords ne hâte l'heure
   » De son réveil ! !

» Toujours ma main lui montrera la route;
» Et, pour marcher, son bras aura mon bras;
» Mais, ô mon Dieu, que docile il m'écoute
   » A chaque pas!

» Je sais des bords, loin de tout précipice,
» Où brille un ciel que rien ne peut ternir :
» Et nous irons dans ces lieux de délice,
   » S'il veut venir !

» Là, sous les pas ne se cache aucun piège :
» Des mauvais jours jamais vent ne souffla;
» Le bon Jésus, petit enfant, protège
   » Ceux qui vont là!...

» Pauvre petit, eh quoi! sitôt tes charmes
» Ressentiraient les souffles d'ici-bas!...
» Ta mère et moi nous souffrons de tes larmes,
    » Ne pleure pas!

» La fleur d'un jour, qu'hier posait ton frère
» Sur tes cheveux, est déjà sans couleur :
» Console-toi; car tu ne vivras guère
    » Plus que la fleur.

» Et puis alors nous reviendrons ensemble,
» Le cœur joyeux, le front tout éclatant,
» Aux lieux, d'où vient tout ce qui nous ressemble,
    » Dieu nous attend.

» Si nous devions vers le séjour suprême,
» Tous les deux seuls, monter ta mère et moi,
» Nous pleurerions dans les bras de Dieu même,
    » Bien plus que toi!... »

PREMIER GAZOUILLIS D'HIRONDELLE

Qu'as-tu donc tant à gazouiller,
Près de ma persienne fermée?

Pourquoi sitôt me réveiller,
Hirondelle, ma bien-aimée?

Sitôt que l'aube à mon noyer
Donne sa teinte purpurine,
A l'instant ton petit gosier
Fredonne sa chanson badine :

Quelle voix! quel timbre argentin!
Quel boléro plein de magie!
Sous mes deux rideaux de satin,
Oh! que j'aime ta causerie!

Qu'il est doux de se réveiller
Au gazouillis d'une hirondelle!...
Tous les matins, à m'appeler
Elle est, on ne peut plus, fidèle!...

Tu bénis Dieu, je le vois bien,
Du jour qui si beau recommence,
Et ton ramage aérien
Est un hymne à la Providence.

Chante celui qui t'a donné
Beau ciel, zéphyr, douce rosée ;
Qui par ton bec a maçonné
Ce nid qui pend à ma croisée.

Non, pas un rayon du matin'
Que ce Dieu lui-même n'allume,
De tes petits pas une plume
Qui ne soit un don de sa main :

Le ciel, qui te fit si jolie,
Me donne, hélas! bien plus qu'à toi;
Mais lorsque tu le chantes, moi,
Je suis un ingrat qui l'oublie!

ITINÉRAIRE DE VERDELAIS.

A UN AMI.

Quis mihi dabit pennas sicut columbæ?
et volabo et requiescam!

Si vous voulez, ami, passer de belles heures,
Quittez Bordeaux, quittez vos bruyantes demeures,
Remontez notre fleuve, et venez tout d'abord
Descendre au pittoresque et joli petit port
Que vous indiquera le pèlerin fidèle,
Port, inconnu du monde, et que La Garonnelle
Laisse, en perdant ses eaux, héritier de son nom :

Une fois débarqué, de Sainte-Croix-du-Mont
Longez, votre bâton à la main, la colline,
En suivant le sentier qui vers le nord chemine ;
Saluez, au lointain, à travers ses ormeaux,
Toulenne, le plus humble, il est vrai, des hameaux ;
Mais où l'œil trouve encore un ami, c'est tout dire,
Un poète charmant, dont l'âme est une lyre.
Allez, allez toujours, gravissez le chemin
Qu'une belle Madone indique de la main :
Et puis, si vous voyez un vallon qu'environne
De gracieux côteaux une verte couronne ;
Si, devant une allée, une croix s'offre à vous,
Avec un pauvre auprès, priant à deux genoux ;
Si des arbres géants, ayant trois âges d'homme,
Forment, en s'enlaçant, comme un immense dôme ;
Si dans l'enfoncement vous voyez un clocher,
A travers le feuillage, à l'œil se détacher ;
Si votre oreille entend des chœurs de jeunes filles,
Chantant, comme un essaim d'oiseaux, sous les charmilles ;
Si vous trouvez un air d'innocence et de paix,
Doux reflet de l'Éden, dites : c'est Verdelais !...
Verdelais ! nom suave, à qui sait le comprendre,
Où tout ce que la terre a de pieux, de tendre,
Se donne rendez-vous ; nom riant, immortel,
Qui rappelle à la fois les gloires d'Israël,
Les rosiers de Sarons, et le plus pur dictame
Dont le ciel ait jamais fait aumône à notre âme.

Le voyage est fini : suspendez donc vos pas :
Car vous devez, amis, vous devez être las;
Las surtout d'avoir vu tant de bruit, si peu d'hommes,
D'avoir suivi, comme eux, tant de riants fantômes,
Et de n'avoir trouvé qu'amertume, que fiel,
Dans cette coupe d'or qu'on dit pleine de miel.
Mais pourquoi vous parler des souvenirs du monde,
Quand vous êtes si loin de sa poussière immonde,
Quand vous devez déjà respirer dans ces lieux
L'air du mois de Marie et les brises des cieux?....
Car, ici, pas de mousse, ici pas une pierre
Qui n'ait sa voix, son chant, son parfum de prière.
Notre-Dame a béni son terrestre séjour :
Elle vous bénira : allez, c'est votre tour;
Car les autres s'en vont : allez à la chapelle;
Vous pouvez espérer d'être seul avec elle.
Et puis je vous souhaite, alors, tout le bonheur,
Tous les saints battements dont palpita mon cœur,
Quand, enfant de douze ans, à cette auguste image
Je vins porter mon âme et son premier hommage.
Chaste ivresse du ciel, pure joie! ô doux pleurs,
Qu'êtes-vous devenus, où vous trouver ailleurs?
Il fallut m'arracher des pieds de Notre-Dame :
Sans doute elle s'était révélée à mon âme,
Elle m'aimait, sans doute : elle se contemplait
Dans ce cœur que jamais un remords ne troublait,
Et qui restait ouvert à sa douce parole,

Comme un lis laisse ouverte au soleil sa corole.
Hélas! tout se flétrit : le lis perd sa blancheur,
Le miroir son éclat, le printemps sa fraîcheur!
Plus la vie a de jours, plus ici-bas l'on reste,
Et plus notre âme perd de sa beauté céleste.
Le cœur n'a-t-il donc plus là-haut tous ses trésors,
Ou bien n'aimé-je plus, comme j'aimais alors?....
Je ne sais!... Oh! que n'ai-je à mes deux pieds des ailes!
Comme aux eaux du désert accourent deux gazelles,
L'un n'irait pas sans l'autre, et devançant vos pas,
J'irais, moi, le premier, me jeter dans ses bras....
Mais vous prîrez pour deux : votre pèlerinage
Ramènera pour moi les jours du premier âge;
Le baiser maternel ne peut être pour un;
Entre amis comme nous, tout n'est-il pas commun?

UN JOUR A VERDELAIS.

Merci du bon conseil : votre amitié pieuse
Est toujours, dans ses vers, aimable, gracieuse :
L'itinéraire en main, vers ces lieux pleins d'attraits,
Que votre doux crayon m'avait dépeints si frais,
Je suis parti, le front rayonnant et splendide :

Aussi bien mai, prenant son écharpe d'Armide,
M'invitait à venir, et versait sur ces bords,
De sa corbeille en fleurs, les odorants trésors :
Oui, j'ai vu ce vallon, cette sainte chapelle,
Par un beau ciel d'azur, resplendissant comme elle :
Sur le flanc des côteaux, couvrant tous les chemins,
J'ai vu passer les flots des pieux pèlerins,
J'ai compté dans les airs leurs flottantes bannières,
Les enfants, accourant de toutes les chaumières ;
Et ce nom adoré, que vous voudriez, Victor,
Voir et lire partout, écrit en lettres d'or,
Je l'ai vu se mêler à toutes leurs paroles,
Je l'ai vu sur la pierre, aux plis des banderoles :
. . . .
Oh ! comme à Verdelais l'on prie, et comme aux champs,
L'âme, souffle divin, se dégageant des sens,
L'âme en encens d'amour vers son Dieu s'évapore,
Et goûte des plaisirs qu'elle ignorait encore !
C'est là, bien qu'elle ait vu l'horizon se ternir,
Que la foi, sans trembler, contemple l'avenir,
Qu'elle voit en Marie un astre d'espérance,
Et qu'elle rêve encor de beaux jours pour la France.
Vous le dirai-je ? ami, ma tendre piété,
Dans cette sainte nef, a tout vu, visité :
J'ai serré dans mes bras, les pieds de la Madone,
J'ai goûté la douceur du baiser qu'elle donne,
Et ces deux cœurs, qu'unit un pacte fraternel,

Je les ai déposés dans son sein maternel.
— Pourtant (dois-je le taire?) à mes élans d'ivresse
Se mêle je ne sais quelle vague tristesse.
Vous n'aviez pas tout dit : votre léger pinceau,
Pour ne pas rembrunir, sans doute, le tableau,
Tout en peignant ces bords, ses fleurs et ses collines,
S'est plu de Verdelais à voiler les ruines.
Vains efforts! j'ai tout vu : l'œil ici, comme ailleurs,
Rencontre des débris qui le mouillent de pleurs.
Je prête en vain l'oreille aux voix du monastère,
Tout se tait, tout est mort, et l'écho solitaire
N'a plus de noms à dire, ils sont tous oubliés!...
Hélas! peut-être ici je foule sous mes pieds
Le sépulcre ignoré d'un pauvre cénobite,
Qui pour me recevoir fût accouru bien vite!
Qui m'eût appris son nom, m'eût demandé le mien,
Et m'eût fait les honneurs d'un aimable entretien!...
Non, ces temps ne sont plus!... Oh! combien je regrette
De ne pas rencontrer, dans cette humble retraite,
Un de ces vieux amis du pieux pèlerin,
Un habitant du cloître, un père Célestin,
L'un de ces bons vieillards dont la longue mémoire
De tous les ex-voto m'eût raconté l'histoire.
Il m'aurait dit les noms des aveugles guéris,
Les cris des nautonniers, par l'orage surpris,
Leurs cœurs reconnaissants, leurs modestes offrandes,
Et puis, en parcourant les dévotes légendes,

Revenant sur les temps de la naïve foi,
J'apprendrai mieux comment Isabelle de Foy
Trouva sous le rocher l'image vénérée;
Comment de la chapelle, amour de la contrée,
La main des huguenots dispersa les débris;
Quel ange, sous les traits de l'immortel Sourdis,
Vint dans ce lieu désert fonder le monastère
Et rétablir Marie au fond du sanctuaire.
Nous irions, maintenant que le soir est si beau,
Promener dans le bois, sur le flanc du côteau,
Et nous trouverions là les scènes du Calvaire,
La croix et le tombeau tout festonnés de lierre;
Nous irions... Mais, hélas! l'homme a tout dépeuplé :
Le bois, le monastère; on a tout violé!!...
Tout, jusqu'aux vieux ormeaux dont l'ombre gigantesque
N'est plus que dans vos vers d'un effet pittoresque.
J'ai vu le sol jonché de leurs rameaux flétris,
Et plus d'un pèlerin, pleurant sur leurs débris,
Se demander pourquoi cet étrange délire
De l'homme qui détruit seulement pour détruire.
Non : plus d'ombrage ici, plus d'agreste beauté;
Ce n'est plus Verdelais, c'est déjà la cité;
Et les beaux souvenirs, ces enfants du mystère,
S'en vont bientôt quitter, eux aussi, cette terre,
Comme font les oiseaux, hôtes de nos lambris,
Quand nous troublons leurs chants et la paix de leurs nids.
— Poète, qu'as-tu dit? — Sainte et douce Madone,

Je ne te croyais plus à Verdelais : pardonne !
Vois, j'avais oublié qu'un regard de tes yeux
Suffit pour embellir Verdelais et les cieux.

CONSOLATION

A UNE MÈRE SUR LA MORT DE SON DERNIER FILS.

> *Qui quasi flos egreditur et con—*
> *teritur.*   (JOB.)

Encore une rose qui tombe
Et qui va rejoindre ses sœurs !
Encore une fleur à la tombe,
Encore une chaste colombe
Qui va chercher des jours meilleurs !...

Dois-je parler ?... Que dois-je dire,
O vous, que tout le monde plaint ?
La parole aux lèvres expire ;
De votre aurore, pauvre Elvire,
Le dernier rayon s'est éteint.

Autour de vous, c'était naguère

Rires joyeux, et désormais
Pas une seule tête chère,
Pas une attache sur la terre
Qui ne soit brisée à jamais :

Muette et la tête voilée,
Vous ne goûtez plus le sommeil;
Vous pleurez, mère désolée,
Et les baisers de la veillée,
Et les caresses du réveil :

Ah! pleurez! Dieu vous le pardonne :
Vous avez, comme Noémi,
Perdu votre belle couronne;
Pour votre Arthur, la cloche sonne;
Dans vos bras il s'est endormi!...

Mais à dix ans la mort est douce :
Quand le ciel est riant et pur,
L'oiseau quitte son nid de mousse;
Le fruit, à la moindre secousse,
Se détache, quand il est mûr!...

Ah! sans doute, la Providence,
Qui vous regarde avec amour,
N'a brisé sa jeune existence,
Que pour garder son innocence,
Et vous le rendre au ciel un jour.

Consolez-vous donc, tendre mère,
Il n'est plus; mais il n'est pas mort :
Après les larmes de la terre,
Après les douleurs du Calvaire,
Viendront les beaux jours du Thabor :

Et là, radieuse et sans crainte,
Vous verrez l'enfant moissonné,
La lumière trop tôt éteinte,
Devenir l'auréole sainte
De votre front découronné !

A MON CRUCIFIX.

> *O Crux, ave,*
> *Spes unica.*

I.

O toi, signe sacré, que tout chrétien adore !
Arbre auguste et divin, où l'âme trouve encore
   De l'ombrage et de la fraîcheur ;
Humble et cher crucifix, port où dans la tempête,
Pour s'abriter du vent et de la mort, se jette
   Et la colombe et le pécheur ;

Tu m'es ce qu'est à l'œil une douce lumière,
Ce qu'est, après dix ans à la terre étrangère,`
    Un chaste baiser sur nos fronts;
Ce qu'est, aux jours de deuil, le caressant sourire
D'un frère, d'un ami, dont l'air semble nous dire :
    Lorsque tu souffres, nous souffrons;

Ce qu'est l'embrassement, la dernière parole
D'un père qui se meurt, nous bénit, nous console
    En nous disant adieu :
Ce qu'est près du chevet le doux regard d'une ombre,
Qui s'en vient quelquefois à travers la nuit sombre,
    Nous parler du ciel et de Dieu!

Quoique pauvre, tu fais l'ornement de ma table :
Rien qu'à te voir, je trouve un plaisir ineffable :
    Oh! que nous sommes bien tous deux;
Moi priant, méditant, en prolongeant ma veille,
Toi toujours attentif, toujours prêtant l'oreille,
    Et toujours me suivant des yeux!...

Que pourrais-je sans toi, touchante et sainte image;
Dans l'aride chemin, où mon âme voyage,
    Sur quelle pierre reposer?
Dans le monde où le vent qui gronde et se déchaîne,
Ronge le dur granit, et brise le grand chêne,
    Pauvre lierre, à quoi m'enlacer?

Et que ferait ma muse?... Égarée, inféconde,
Elle irait se salir aux poussières du monde;
    Et mes chants et ma voix
Auraient, hélas! bientôt perdu ce qu'il leur reste
De ce charme divin, de ce parfum céleste
    Qne l'on trouve aux pieds de la croix.

Un seul de tes regards électrise mon âme;
Elle croit assister à ce lugubre drame,
    Qui remua tout l'univers;
Elle voit le Cédron, la couronne d'épine,
Une mère qui pleure, un bourreau qui s'incline,
    Les tombeaux des morts entr'ouverts.

II.

Oui, voilà mon Sauveur, au sommet du Calvaire,
Se penchant pour me voir, et pour bénir la terre,
    Alors que tout est consommé :
Sa lèvre sans couleur s'ouvre encor pour me dire :
C'est pour toi, fils ingrat, c'est pour toi que j'expire;
    Réponds-moi, t'ai-je assez aimé?

Ah! si j'eusse été là, j'aurais, j'aurais, sans doute,
De son sang dans mon cœur recueilli chaque goutte,
    J'en aurais fait un doux trésor;

J'eusse pris dans mes mains, ses mains, hélas! si pures;
J'eusse lavé ses pieds, embrassé ses blessures,
  Comme je les embrasse encor!

Et dans ce seul baiser, que de miel, que de charme!
Oui, sitôt qu'un soupir, sitôt que quelque larme
  Tombe aux pieds du Sauveur,
Aussitôt en parfum cette larme se change,
Et dans son urne d'or toujours quelque bon ange
  L'emporte au ciel avec bonheur!

III.

Reste donc près de moi, reste toute la vie,
Crucifix adoré, seul bien digne d'envie :
  J'aurai tant encor à pleurer!
Ici-bas chaque jour, chaque heure nous amène
A 'nous, fils du malheur, quelque deuil, quelque peine,
  Quelque ruine à déplorer.

Des amis que j'avais la riante couronne
S'effeuille à tout moment, comme au vent de l'automne
  S'effeuille l'arbre du chemin;
Aujourd'hui c'est un frère, une mère chérie,
Demain c'est une sœur, rose en un jour flétrie,
  Qui part en me serrant la main.

Même autour des heureux, la solitude augmente,
La maison perd toujours quelque voix chère, aimante;
       Vous seul vous nous restez, Seigneur;
Oh! que serait la vie, oh! que serait la terre,
Si vous ôtiez jamais du foyer solitaire
       Le crucifix consolateur?

Dans les fêtes d'hiver, quand, enfants, jeunes filles,
Volent aux ris, aux jeux, aux folâtres quadrilles,
       Que de pleurs et d'ennui,
Auprès de l'âtre éteint pour le cœur de l'aïeule,
S'il lui fallait passer, rêveuse, toute seule,
       Les longues heures de la nuit!

Si, sur son crucifix, cette ange de prière
N'élevait par moment son humide paupière
       Avec un saint soupir;
Que de fois, te prenant dans ses mains défaillantes,
Elle te colle encor sur ses lèvres brûlantes,
       Heureuse avec toi de souffrir!...

Mon fils, disait un jour un ancien solitaire
Au jeune Hilarion déjà las de la terre
       Et qui s'envolait au désert;
Où venez-nous frapper?... Ici tout est silence,
Tout est chaîne de fer, long jeûne, pénitence,
       Nuit sans sommeil, calice amer!...

Oui, père, tu dis vrai; mais parmi ces calices,
Ces chaînes, et ces fouets, et ces pesants cilices
    De ton sang encor arrosés,
Je vois dans ta cellule un ami qui console
Et qui sous mon fardeau va mettre son épaule,
    Un crucifix... et c'est assez.

LA FILLE DU PÊCHEUR.

IDYLLE SACRÉE.

I.

La barque du pêcheur, depuis longtemps, sur l'onde
Errait : le flot, moins pur, devenait menaçant,
Le jour, vers son déclin, allait s'assombrissant,
La nuit venait, mais non la barque vagabonde.

    La fille unique du pêcheur
N'a pu, trop jeune encor, accompagner son frère :
Il a fallu rester au foyer solitaire :
Maintenant elle est triste, elle pleure, elle a peur;
Car qui sait?... Il est vrai, chacun lui dit : espère!
Mais tout le monde aussi le lui disait naguère,

    6*

Durant le jour fatal qui lui ravit sa mère,
Sa mère, autre sujet d'eternelle douleur !...

A quitter le foyer, seule, elle se hasarde :
Mais, sur les flots penchée, en vain elle regarde,
Rien n'apparaît encor — alors, elle a recours
       A Notre-Dame de la Garde,
       A la Vierge de Bon-Secours :
Elle va la prier pour qu'elle-même garde
Et ramène la barque, objet de ses amours.

II.

   « C'est toi, ma mère, que j'implore,
   » Dans les alarmes de mon cœur;
   » J'espère, mais je tremble encore
   » Pour la barque et pour le pêcheur :
   » Pour la barque qui m'est si chère,
   » Et dont la rame si légère
   » Arrivait la première au bord;
   » Pour ce père dont l'amour tendre
   » Se fait, hélas! encor attendre,
   » Quand tous sont rentrés dans le port.

   » Pourquoi sur cette mer que j'aime
   » Ne pas emmener son enfant?
   » Un enfant, il le dit lui-même,

» De la tempête nous défend :
» J'eusse attiré sur la nacelle
» L'amour de celle qu'on appelle
» La patrone des matelots;
» Jusqu'à son retour, douce Reine,
» J'eusse obtenu la mer sereine,
» Et le ciel bleu comme les flots.

» Oh! oui, la mer, la mer est belle,
» Quand rien ne ternit son azur,
» Quand vous brillez, mère, sur elle,
» Comme un rayon céleste et pur;
» Mais, quand la mer se voile d'ombre,
» Quand le flot s'enfle et devient sombre,
» Que la mer est affreuse aussi!
» Et que de mortelles alarmes,
» Que de soupirs, et que de larmes
» Tant que la barque est loin d'ici!

» Maintenant peut-être elle penche,
» Prête à briser contre l'écueil :
» Peut-être que sa voile blanche
» Pend, déchirée, au mât en deuil;
» Peut-être que ceux que j'adore,
» Et que j'embrassais à l'aurore,
» Tournent maintenant le regard
» Vers cette côte, d'eux connue,
» Où si souvent je suis venue

» Depuis l'instant de leur départ !

» Souviens-toi bien, divine Mère,
» Que mon père est mon seul appui ;
» Qu'avec lui je n'ai plus qu'un frère
» Qu'il a mené seul aujourd'hui :
» Pardonne si mon cœur frissonne ;
» Après eux, non, je n'ai personne,
» Pour m'aimer et pour me nourrir :
» Bien vite si tu ne ramènes
» La barque, objet de tant de peines,
» A tes pieds, moi je vais mourir. »

III.

Elle se tourne alors... La mer était sans ride
Et, sur l'azur du ciel, une voile rapide
        A l'horizon apparaissait :
D'un rayon attardé son mât resplendissait ;
Et la barque, en chantant, s'approchait du rivage,
Et, le front radieux, sans crainte du naufrage,
Répondant à son chant, la pauvre enfant disait ·

        « Ah ! je respire,
        » Je vois reluire,
        » Je vois sourire,
        » Au bord lointain,

» La nef tardive,
» Qui de la rive
» Fuyait si vive,
» Dès ce matin;
» J'entends la rame;
» A son doux bruit,
» Toute mon âme
» S'épanouit!...
» Oh! oui, c'est elle,
» Quoi de plus beau,
» Que ma nacelle
» Glissant sur l'eau !

» La voix si douce
» Du petit mousse
» Que le vent pousse,
» Chante là-bas :
» Il voit la plage;
» Son gai ramage
» Est un présage,
» Qui ne ment pas :
» La pêche est bonne,
» Pas vrai, pêcheur?
» Oui, la Madone
» Porte bonheur :
» Sans faire attendre,
» Le poisson d'or

» Venait se rendre
» Lui–même à bord.

» Dans sa détresse,
» A ta tendresse
» Nul ne s'adresse
» Jamais en vain :
» D'un bon voyage,
» Ton patronage,
» Vierge, est le gage
» Toujours certain!...
» Mais le bruit cesse;
» Ils sont au port;
» Le mât s'abaisse,
» L'esquif s'endort!
» La pêche est bonne,
» Pas vrai, pêcheur?
» Oh!... La Madone
» Porte bonheur!!

LE PÈRE CÉLESTIN.

J'ai lu qu'un père Célestin
(Et le fait est très-authentique,

Extrait d'une vieille chronique,
Écrite sur beau parchemin),
J'ai lu qu'un rosaire à la main,
Portant à l'autre son bréviaire,
Il allait, et sur son chemin
Trouvait toujours le bien à faire.

Or donc, par Bordeaux cheminant [1],
Vous dire la rue.... Il n'importe,
Le bon vieillard, sur une porte,
Aperçoit, les cheveux au vent,
Un jeune homme, mondain volage,
Plus enfant qu'enfant de son âge,
Qui choyait, narguait en chantant,
Un serin, plein de gentillesse...
L'oiseau, tout en le becquetant,
Lui prodiguait mainte caresse.

Le pieux frère Célestin
S'arrête et suspend sa prière :
— Qui vous parle, mon jeune frère,
Dit-il avec un air badin?
— Personne, autre que vous, mon père;
Voyez plutôt. — Qui donc vous prend,
Qui donc vous prend ainsi l'oreille?

[1] Tiré de la vie du R. P. Proust, célestin de Verdelais.

Qui vous becquette, vous conseille?
— C'est mon serin, mon révérend.
— Vous l'aimez bien!... — Oh! si je l'aime,
Regardez : c'est la beauté même;
Quel chant! quel œil! que de gaîté!
— Oui, tout est beau : vive prunelle,
Corps au plumage velouté;
Mais la mort viendra, la cruelle,
Poser son aîle sur son aîle,
Et pour lors adieu la beauté!...
— Qui? lui mourir! — Et puis, mon frère,
Malgré son chant, malgré l'éclat
De sa beauté si passagère,
Tandis que vous voulez lui plaire,
Il vous fait mal, pour tout salaire;
Comme le monde il est ingrat!...

Voyez, pour folâtrer et rire
Comme il s'est maintenant enfui!
Ne serait-ce pas pour vous dire
Que loin du monde au doux sourire,
Vous fuirez un jour comme lui!...
Pour vous dire que rien ne dure,
Ni le plaisir, ni la parure,
Ni le printemps, ni la beauté,
Et que, comme l'oiseau volage,
Comme le rêve ou le nuage,

Tout s'enfuit bien vite emporté.
Non, non, jeune homme au cœur rebelle,
Croyez-le bien, ce n'est pas lui
Qui vous prend l'oreille aujourd'hui,
C'est l'Esprit saint qui vous appelle,
Et vous, dites-lui : « Me voici,
» Plus d'amour pour ces beautés frêles,
» Plus de serins, de bagatelles;
» Je voudrais être un saint aussi!... »
Des pleurs parlaient dans sa paupière :
Et ses pleurs, son grave maintien,
Faisaient encore plus de bien
Que n'en espérait le bon père....
Le vieillard poursuit son rosaire...
Le jeune homme, après l'entretien,
S'en va prier près de sa mère...

Or, ajoute le chroniqueur,
Dont je ne suis que l'interprète,
De Dieu la voix tendre et secrète
Changea dès lors si bien son cœur,
Que prenant un habit de bure
Et déposant sa chevelure
Dans le parvis près de l'autel,
Il coula dans la vie obscure
Des jours heureux. — Son âme pure
Passa bientôt du cloître au ciel!

ADIEUX AU R. P. LACORDAIRE.

I.

Nous ne pourrons donc plus, ni le voir, ni l'entendre,
L'ange de la cité, l'apôtre au cœur si tendre!
Bordeaux, qu'il aima tant, l'objet de tant de soins,
Tu perds donc aujourd'hui ta brillante auréole,
Tu n'as plus dans tes murs ton amour, ton idole!...
  Une éloquente voix dè moins!!..

Hier, hier encor, la chaire évangélique,
Les échos attristés de notre basilique
Répétaient en pleurant ses paternels adieux;
Que de regrets alors, dans cette foule immense!
Que de pensers amers! quel lugubre silence!
  Que de pleurs dans les yeux!

Oh! qui sut comme lui des rêves de la vie
Nous montrer le néant et l'étrange folie?
Qui pour les biens d'en haut excita plus de faim,
Plus de soif pour ce Dieu dont son âme était ivre;
Quel homme, dites-moi, pourra faire revivre
  Le sublime dominicain!

En lui tout est vigueur, tout est grâce infinie;

Lui, c'est l'homme de foi, c'est l'homme de génie,
C'est l'Hercule chrétien, c'est l'aigle audacieux;
A son œil rayonnant, on dirait un prophète;
A son style enchanteur, on dirait un poète,
     Mystérieux écho des cieux.

Tant qu'il parle, il transporte, il fascine, il enflamme;
Son cœur palpite en vous, son âme est dans votre âme,
Et, disciple sans voix, vous n'osez respirer :
Vous êtes au Thabor, sur la montagne sainte.
Maître, reste avec nous, dans cette auguste enceinte :
     Pourquoi sitôt nous séparer?

Pourquoi? mais Dieu le veut : il faut bien que l'apôtre,
Rapide conquérant, aille d'un pôle à l'autre
Lutter avec l'erreur, arracher et planter :
Et, comme le soleil, poursuivant sa carrière,
Ne doit-il pas verser en tous lieux la lumière,
     Aller partout, sans s'arrêter?

Adieu donc à mon tour!... Va, porté par ton zèle,
Aussi loin que la voix de ce grand Dieu t'appelle!
Puisse encor le désert refleurir sous tes pas;
Porte à chacun sa part de la céleste aumône,
Et le baiser d'amour que le bon maître donne
     Même à ceux qui ne l'aiment pas.

II.

Au Christ qui t'envoya nous allons rendre grâces :
Tu laisses tant de bien comme lui sur tes traces!
Tant d'hommes sont vivants qui naguère étaient morts;
Tant d'autres, alarmés dans leurs fausses doctrines,
Sentent un trait vainqueur qui perce leurs poitrines!
      Tu leur as jeté le remords!...

Non, non, ceux-là du moins n'oseront plus nous dire :
« La vertu n'est qu'un nom, un sublime délire. »
Cette fille du ciel est reine parmi nous;
Elle est un mot suave, elle est une puissance,
Une divinité que tous le monde encense,
      Et qu'il faut prier à genoux.

Honneur au vrai croyant qui porte son image!
Nous croyons tous assez pour lui rendre un hommage,
Pour lui laisser au moins partout le premier rang,
Pour le saluer roi sur tous les autres hommes;
Non, non, on ne peut plus, dans la ville où nous sommes,
      Être chrétien sans être grand.

Désormais donc respect à tout ce qu'on adore
Dans ces vieux monuments que la foi fit éclore!
Qui pourrra sans rougir insulter à l'autel?

Honneur et gloire au prêtre au fond du sanctuaire,
Au mortel que le ciel sacra dépositaire
          De son sacerdoce immortel !

J'ose le dire aussi : Respect à ces asiles
Où, loin de nos cités, sans regrets, tu t'exiles ;
A ces cloîtres pieux dont le ciel est si pur !
Respect à ces abris de la paix fraternelle,
Où le cygne ici-bas peut reposer son aile,
          Loin des regards d'un monde impur ;

Où, sous l'habit de bure et sous d'âpres cilices,
Se cachent si souvent les plus grands sacrifices,
Où la foi trouve encor ses mille combattants,
Où va se recruter la légion thébaine
Qui sur le sol français en dépit de la haine
          Se relève après cinquante ans.

III.

Puissant dominicain, travaille sans relâche :
Je le crois, comme toi, ta glorieuse tâche
Est de nous ramener ces apôtres proscrits,
De leur donner le rang que leur donne l'histoire,
Et par ton humble froc de venger leur mémoire
          D'un injuste et trop long mépris.

Oh ! depuis que le flot des tempêtes civiles
Les a tous repoussés, que de cœurs, que de villes,
Au-devant de leurs pas iraient avec amour !
Le peuple s'aperçoit qu'il s'est laissé surprendre :
Instruit par le malheur, il commence à comprendre
      Qu'il a besoin de leur retour.

Oui, les temps sont changés ! et cette même France
Que l'on trompait alors, avec impatience
Les attend aujourd'hui : l'exil ne peut durer....
Quand on porte comme elle un cœur grand et sublime,
Oh ! ce n'est pas assez de rougir de son crime,
      Il faut encor le réparer.

Et ce moment viendra... Frère-prêcheur, courage ;
J'ai foi dans l'avenir ; poursuis ton noble ouvrage,
Et nous comptons un jour nous revoir dans tes bras.
Voilà pourquoi Bordeaux, au malheur si fidèle,
Te fait l'adieu touchant qu'on fait à l'hirondelle :
      Adieu.... Bientôt tu reviendras.

Adieu ! que devant toi tout sentier s'applanisse !
Qu'en te voyant venir, riche ou pauvre bénisse
Celui qui rompt à tous le pain de vérité ;
Et que là, comme ici, dans la foule attendrie,
Ravi de tes discours, tout le monde s'écrie :
      Heureux le sein qui l'a porté !

Plus heureux mille fois, nous dit la parabole,
Celui qui, recueillant la divine parole,
La médite en son cœur, loin des terrestres bruits,
Et qui, pareil au champ dont la glèbe féconde
Aux jours de la moisson en épis surabonde,
   Après les fleurs porte des fruits!

Mais malheur à nous tous, si nos âmes glacées
Perdaient le souvenir des célestes pensées!
Si nous jetions encor le symbole à tout vent,
Malheur! malheur à nous! pour tant d'indifférence,
Un jour, Sodome et Tyr demanderaient vengeance
   Au tribunal du Dieu vivant!...

LES MILLE ET UNE RÊVERIES

ou

VOYAGE DANS MON FAUTEUIL PAR UN SYSTÈME ÉCONO-MIQUE.

A M. H**, SUPÉRIEUR DU GRAND SÉMINAIRE DE BORDEAUX, APRÈS QU'IL EUT ÉTÉ APPELÉ A CLERMONT.

De la part d'un héron sans plume,
D'un misanthrope, froid rimeur,

Toujours d'assez mauvaise humeur,
Comme la sybille de Cume,
Salut! — Dans ce nouveau séjour,
Où Dieu, pour tromper notre attente
Et nous jouer un mauvais tour,
A fixé si loin votre tente,
Vous souvient-il parfois de nous?....
Quand auprès de l'autel votre âme
Vers Dieu monte, comme la flamme,
Pour nous encor le priez-vous?...
Ou, quand, sous le poids de la veille,
Votre tête se penche et dort,
Le bon ange vient-il encor
Parler de Bordeaux à l'oreille?

Ah! je crains, oui je crains l'oubli
Sous ce ciel d'éternelle glace :
Plus d'un montagnard impoli,
Intrus et despote accompli,
Sans façon, à ma vieille place,
Est déjà peut-être installé!
Et notre nom, pauvre exilé,
Ne trouvant plus au cœur d'espace,
S'en sera, n'est-ce pas, allé
Sans laisser après lui de trace?...

Mais, si là-bas, par grand malheur,

Votre âme sitôt nous oublie,
J'en sais un autre dont le cœur
Vous aime encor comme la vie,
Et qui pardonne à peine à Dieu
De vous avoir repris si vite,
Sans qu'il ait pu faire visite,
Ni murmurer un mot d'adieu!!

Faute de mieux, sans citadine,
Je pars pour le pays lointain,
Et vers vous, pieux pèlerin,
Tout en rêvant je m'achemine :
Cette façon de voyager
Est peu de mode, mais qu'importe?...
Sans quitter mon petit foyer
Et mon grand fauteuil de noyer,
Je frappe donc à votre porte,
Espérant l'hospitalité,
Une chaise à votre côté,
Et le reste plus doux encore...

Mais, au bruit du marteau sonore,
Par l'écho partout répété,
Et jusqu'à vous bientôt porté,
Quelqu'un accourt, sans faire attendre,
Quelqu'un vient pour me recevoir,
Et, sitôt que l'on peut se voir,

Le ton de voix toujours si tendre,
Le bon accueil fait bien comprendre
Qu'on est heureux de se revoir.

Nous voilà donc encore ensemble,
Nous marchons bras dessus dessous,
Et, dans votre chambre, il me semble
Me voir assis auprès de vous.
Là, nous parlons, l'un après l'autre;
Plaisirs, chagrins, tout est commun;
Mes secrets, partant un à un,
Passent de mon cœur dans le vôtre :
Vous, vous parlez comme Mentor,
Comme Télémaque j'écoute;
Vous êtes toujours le plus fort,
Vous avez droit, j'ai toujours tort;
Mais le miel, tombant goutte à goutte
Du frais calice d'une fleur,
Ne vaut pas le baume enchanteur
Que pose votre main amie
Sur chaque blessure du cœur...

Après la grave causerie,
Viennent aussi propos joyeux,
Propos piquants, délicieux,
Et puis l'aimable rêverie,
Nectar exquis, digne des dieux,

Et qui vaut peut-être encor mieux
Que l'olympienne ambroisie.

De tous ses charmes entouré,
Alors le passé se retrace,
Et chaque jour qui luit et passe
Ramène un souvenir doré
Dont l'œil aime à suivre la trace.
Sans attendre que le printemps
Et que le zéphir la rappelle,
Notre âme se fait hirondelle
Et s'en revient à tire d'aile
Au doux pays où si longtemps
Les jours furent si beaux pour elle.
Le noir hiver a beau souffler
Et découronner toute chose;
Par les airs il a beau rouler
Feuille de laurier et de rose,
Au bord que la Garonne arrose,
C'est toujours palais enchanté,
Fraîche oasis, ciel sur la terre,
Lac sans ride, dont rien n'altère
L'éclatante limpidité.
De sa baguette magnétique
Qui sait tout convertir en or,
Notre âme, créant sans effort,
Autour d'elle un monde magique,

Du grand séminaire d'abord
Vous fait le plan, la statistique.

Devant la porte du saint lieu,
Voilà la pelouse fleurie;
Toujours la même symétrie,
Toujours la corbeille au milieu,
Refleurissant sous l'œil de Dieu
Et le sourire de Marie.

A la place des acacias,
Plus loin regardez ce parterre;
Connaissez-vous ces dalhias,
Ces blanches touffes de lilas
Qui, se laissant traîner à terre,
Semblent vouloir baiser vos pas?

Connaissez-vous?... Mais c'est bien elle
Sous son kiosque oriental;
A la douceur de sa prunelle,
On dirait qu'elle nous appelle,
Du haut de son blanc piédestal :
Mais que vois-je?... L'auguste image
Vers vous se penche avec amour,
Pour vous dire en son doux langage :

« Je suis reine de ce séjour,

» Depuis le mémorable jour,
» Où de ces beaux lieux, sans retour,
» Ton cœur aimant me fit l'hommage.
» Et, si j'ai gracieux ombrage,
» Pour mes pieds tapis de gazon,
» Couronne blanche pour mon front,
» Place d'honneur dans l'ermitage,
» Reposoir, qui porte mon nom,
» N'est-ce pas encor ton ouvrage?
» Ah! oui.... D'être ici qu'il fait bon,
» Quand j'y suis, en toute saison,
» D'anges terrestres entourée,
» Quand de ta famille adorée
» Je vois les cœurs à l'unisson,
» Changer ces lieux en empyrée! »

Et pendant que sa douce voix
Charme votre oreille enivrée,
Moi je rappelle la soirée
Si belle et si triste à la fois,
Où, dans cette enceinte sacrée,
Par le beau ciel du plus beau mois,
Cette image fut consacrée.

L'air était calme, transparent,
Et la nature recueillie;
Les marronniers, en entr'ouvrant

Leur élégante draperie,
Laissaient voir par enchantement,
A travers leur cintre charmant,
Le bleu d'azur de l'Italie!...
Heure de saint ravissement,
D'extase, de mélancolie!!!

Sous ces portiques enchanteurs,
Ces rameaux courbés en arcades,
Ces chapiteaux, ces colonnades,
Lampions de toutes couleurs
Étincelaient par myriades,
Et moiraient les feuilles, les fleurs,
De tous les reflets de l'opale.

Puis, au fond du brillant dédale
Quel coup d'œil, que ce front divin
D'une mère dans le lointain
Qui vous ouvre en riant son sein
Et vous tend sa main virginale!

Nous tombons tous à ses genoux;
Cette main pour bénir se lève!
Mais pourquoi ce moment si doux
Est-il déjà si loin de nous,
Pourquoi n'est-il plus qu'un beau rêve?
Et pourquoi des deux anneaux d'or

Qui composaient alors la chaîne,
L'un appartient-il à la mort [1],
Et l'autre à la plage lointaine?

Heureusement pour tous les deux,
L'auteur ne sait plus trop qu'écrire ;
S'il en avait plus long à dire,
Nous pourrions bien, à qui mieux mieux,
Vous, pour dormir, fermer les yeux,
Et moi, pleurer au lieu de rire.

Adieu donc! hôte aimable, adieu!
Bonsoir, bonne nuit, je vous quitte!
Le pèlerin court au plus vite
A sa compagnie, à son feu
Tout de ce pas rendre visite :
Vous, n'oubliez pas devant Dieu
De prier quelque fois un peu
Pour le salut du pauvre ermite.

[1] Monseigneur l'archevêque de Sarragosse, qui présidait à cette
touchante cérémonie de l'inauguration de la Vierge de la terrasse.

PASSE-TEMPS DE L'ÉCOLIER,

A L'INFIRMERIE.

Puisqu'aujourd'hui notre Esculape
Me force à garder la maison;
Puisque dans cette chausse-trape
Quatre murs sont mon horizon :
      O ma toupie,
      Ma compagnie,
Trompe l'ennui de ma prison.

Nécessité, la docte mère,
Tire à peu près parti de tout :
Pour toi, je laisse ma grammaire,
Et mon Plutarque et mon Bezout :
      O ma toupie,
      Ma compagnie,
Tourne, tourne, vogue partout.

Oh! oh! quelle humeur turbulente!
On croirait, à ce grand fracas,
Que c'est la foudre impatiente
Qui dévore tout sous ses pas!

Non, ma toupie,
Non, mon amie,
Pas d'humeur! ne te fâche pas!

J'aime cet air de diable à quatre,
Quand il faut jouer tout de bon :
Mais, sans ennemis pour se battre,
Gronder n'appartient qu'au poltron :
Non, ma toupie,
Non, mon amie,
Ne va pas gronder sans raison.

Allons, reviens, folle courrière;
Viens ici, tu sais le chemin;
Toujours gracieuse, légère,
Tu t'ébattrais jusqu'à demain :
Dors, ma toupie,
Dors, mon amie,
Tourne, tourne, dors sur ma main.

Quelle charmante bigarrure,
Que ces brèches que j'entrevois!
Oui, je puis dans chaque blessure
Lire quelqu'un de tes exploits :
Dors, mon amie,
Dors, ma toupie,
Quand tombent et trônes et rois.

7

Dans cette universelle alarme
Qui met le monde en désarroi,
Sans souci du bruit, du vacarme,
Gardant mon éternel sans-froid,
    O ma toupie,
    O mon amie,
Moi, je veux dormir comme toi.

L'ENFANCE.

O mes amis, l'enfance aux riantes couleurs
Donne la poésie à mes vers, comme aux fleurs
L'aurore donne la rosée.

V. Hugo.

I.

Je voudrais être enfant! car, voyez-vous, l'enfance
C'est l'aube avec ses chants de joie et d'espérance,
C'est l'étoile au matin rayonnant dans les cieux,
C'est le frêle bouton, humide de rosée,
C'est une perle d'or dans l'azur enchâssée,
    C'est la beauté : c'est encor mieux :

L'enfance, avec son rire, avec sa gaîté folle,
Avec ses cheveux blonds, flottant sur son épaule,
C'est l'aimable franchise et l'ingénuité :
C'est l'âme, vierge encor, et le portrait de l'ange,
De la terre et du ciel poétique mélange,
    C'est l'innocence et la beauté !

Je voudrais être enfant! car l'enfance, c'est l'âge
Où les hommes et Dieu nous aiment davantage,
Où l'on vit sans songer au sombre lendemain,
Où sur des cœurs aimants notre cœur se repose,
Où l'on trouve toujours quelque rien, quelque rose,
    Pour l'effeuiller sur son chemin.

Voyez-vous par les airs cette fleur diaphane
Qui, sur ses ailes d'or, voltige, vogue, plane,
Ou, pour boire le miel, aux bluets se suspend :
Eh bien! ce fils ailé du printemps, du zéphyre,
Cet être aérien à qui tout vient sourire,
    C'est le papillon : c'est l'enfant :

Oui, tandis qu'affamés, errants sur toute voie,
Nous cherchons le bonheur, nous mendions la joie,
Une brise, un rayon suffit à tous les deux ;
Et, tandis que l'ennui dévore notre veille,
L'enfant, lui, sans remords, sur sa couche sommeille.
    Le front paisible et radieux !

Je voudrais être enfant!... Car alors sur la terre
Deuil, souffrances, ennui, tout est pour nous mystère;
Sur nos yeux l'ignorance a posé son bandeau;
Non, l'enfant ne sait pas pourquoi nous autres hommes,
Le front dans nos deux mains, nous pleurons, quand nous
   Agenouillés sur un tombeau. [sommes

La mort!... Mais en mourant l'enfant même l'ignore,
Et, quand déjà son front glacé se décolore,
Quand il entend des voix qui l'appellent ailleurs;
Quand, veillant au chevet, sa mère est toute en larmes,
L'enfant ne comprend rien à toutes ses alarmes!
  « Mère, dit–il, pourquoi ces pleurs? »

II.

Lucie avait huit ans!... Mais, hélas! sa paupière
Semblait ne devoir plus s'ouvrir à la lumière;
Son sommeil ressemblait au sommeil de la mort;
Tout le monde disait... Pauvre fleur! pauvre mère!
Et de pieuses mains, sollicitude amère,
  Allaient emporter son trésor....

Et l'on vêtit l'enfant comme aux beaux jours de fête :
Habit blanc, blanches fleurs ornaient déjà sa tête,
Son cercueil avait l'air d'un odorant berceau,
Tout était prêt, la croix, les cierges, le suaire;

Comme pour l'annoncer, dans l'enclos funéraire,
   Mai rayonnait sur son tombeau.

Mais quand des longs adieux sonnait la dernière heure,
Une voix dit : Lucie!... A cette voix qui pleure
A répondu soudain une joyeuse voix :
On accourt aussitôt, — vers elle l'on se penche :
L'enfant prenait des fleurs à sa couronne blanche,
Les mêlait, les roulait entre ses petits doigts,
Comme un oiseau qui chante et becquette à la fois
   Le nid qui le berce à la branche.

ILLUSIONS ET NUAGES.

> Frais papillons, dont l'aile est si vite ternie,
> Essaim doré qui n'a qu'un jour dans tous nos jours!
>
> V. Hugo.

O mes illusions premières,
Vous donc le flux et le reflux
Me berçaient de douces chimères,
Pourquoi de vos erreurs si chères,
Et de vos fraîches voix ne m'enivrez-vous plus?

Plus je vais, plus mon ciel est sombre,
Et je vois mon monde enchanté
Chaque jour s'effacer dans l'ombre
De la triste réalité :
Rien, non, rien, je crois, n'est resté
Des mes rêves charmants, Eldorados sans nombre.

Tels on voit apparaître à l'orient vermeil,
Lorsque le jour est près d'éclore,
Que des roses de mai l'horizon se colore,
Ces nuages flottants, qu'empourpre le soleil.

L'un ressemble au cygne de l'onde,
Qui dans un coin du ciel s'endort :
L'autre, à Délos, la vagabonde,
Que couronnent partout des palmiers aux fruits d'or.

Là, palais de saphir, diaphanes tourelles.
Se découvrent à nous sur des bords inconnus :
Plus loin c'est le char de Vénus,
Traîné par ses deux tourterelles.

Mais ce riant tableau, panorama lointain,
Disparaît et s'efface,
Sitôt que dans l'espace
Souffle la brise du matin.

LE NID D'OISEAU.

Différer ses plaisirs pour les rendre plus doux,
  C'était le grand secret du sage;
  Mais ce système, parmi nous,
  N'est plus depuis longtemps d'usage :
  Nous avons hâte de jouir.

Un fruit commence-t-il à rougir sous la feuille,
  Une rose à s'épanouir,
  Qu'il faut aussitôt qu'on la cueille,
  Et c'est ainsi que l'on effeuille,
Que l'on perd ce doux rien que nous nommons plaisir.

Un petit écolier (on sait que d'ordinaire
Il a du temps pour tout, et surtout pour mal faire).
A force d'avoir l'œil et l'oreille aux aguets,
Avait surpris le nid de deux chardonnerets :
  Doux asile où venaient d'éclore
  Sur la mousse quatre petits,
  Caressants, alertes, gentils,
Mais qu'un léger duvet couvrait à peine encore.

  Si le moindre vent murmurait
  Sous les feuilles de la charmille,

Si la mère s'aventurait
Et venait visiter un instant sa famille,
    Aussitôt l'enfant accourait,
   S'imaginant que d'une aile rapide
      Les petits oiseaux pourraient bien,
      Dans un caprice aérien,
Tromper l'espoir de sa cage encor vide.

« Bah! mes petits mignons, bah! mes petits coquins,
  » Dit-il un jour, si je ne fais main basse
» Sur votre nid, je crois qu'un de ces trois matins
» Vous allez me jouer un tour de passe-passe;
     » Entrez donc là sans compliment
     » Dans ma cage; je vous l'assure,
     » Vous y vivrez commodément;
     » Je vous donne le logement
     » Et qui plus est la nourriture. »
     Mais rien ne vaut la liberté,
Rien ne peut remplacer les doux soins d'une mère,
Rien ne fait oublier le bocage habité
    Par le silence et le mystère.
L'enfant le comprit bien : car les petits reclus,
N'étant plus dans le nid qui les avait vus naître,
    Que sais-je encor? reconnaissant peut-être
    Qu'ils étaient orphelins, ne mangeaient déjà plus,
   Malgré les soins délicats, assidus,
    Malgré les baisers de leur maître.

Grande était au logis la désolation :
     Que de soucis et que de larmes !
     Des quatre oiseaux si pleins de charmes
Un seul restait encor, dernière illusion,
Dernier et tendre objet de mortelles alarmes.

     L'enfant songea trop tard, hélas !
A le porter tremblant dans son nid solitaire :
Il était froid, et puis l'inconsolable mère
     Pour le nourrir ne revint pas :
     Elle pleurait à travers la bruyère.
     Et quand il retourna, le soir,
     L'oiseau mourait sous le feuillage ;
     Il fallut, triste, sans espoir,
S'en revenir, n'ayant plus d'hôte dans sa cage.

Pauvre enfant ! s'il avait attendu davantage,
     Quatre chanteurs sémillants, beaux à voir,
     L'auraient charmé de leur ramage ;
Mais, encore une fois, n'est-on pas à tout âge
     De grands enfants sans le savoir ?

AFRIQUE.

SOUVENIRS, RÊVERIES ET ESPÉRANCES.

À M. L'ABBÉ D**, ANCIEN CURÉ DE TOULENNE, GRAND VICAIRE A ALGER.

> Comme une feuille morte échappée aux bouleaux,
> Qui sur une onde en pente erre de flots en flots,
> Mes jours s'en vont de rêve en rêve.
>   V. HUGO.

I.

Vous souvient-il encor de ce riant séjour
        Qui se mire dans la Garonne,
        Que le soleil levant couronne,
        D'où l'œil découvre, tour à tour,
Là, vert côteau, vieux manoir, vieille tour,
        Là, blanche voile qui rayonne?...

Vous souvient-il encor de cet essaim bruyant
        D'enfants heureux, au pied rapide,
Qui, sous nos yeux, se croisant, se fuyant,
        Semblaient un essaim tournoyant
        D'hirondelles sur l'eau limpide?...
        Et, près de ce tableau vivant,

De ce paradis de la terre,
Voyez-vous parfois, en rêvant,
S'élever à l'abri du vent
Ce frais et charmant presbytère
Avec son gracieux parterre,
Ses lauriers-roses par-devant?...
A droite, la sainte chapelle;
A gauche, voyez-vous l'enclos?
Un peu plus bas, au bord des eaux.
Voyez-vous notre balancelle
Toujours prête à fendre les flots?...
Là, dans cette douce retraite,
S'est passé pour moi l'âge d'or;
Là, s'il vous en souvient encor,
Chaque jour était jour de fête :
Auprès de vous, là, chaque soir,
Au foyer ou sous la charmille,
Nous venions gaîment nous asseoir,
Pour causer et rire en famille.
Oh! quels délicieux moments
Rappellent au cœur ces veillées!
Que de jeux et d'épanchements
Dans ces heures trop tôt coulées!
Le diplomate commençait
Par les nouvelles politiques,
Le philosophe analysait,
Et le poète nous lisait

Quelques jolis vers romantiques.
Après quoi, chacun s'en allait,
Et bientôt après sommeillait
Dans de célestes rêveries :
Mais adieu, douces causeries!
Plus d'amis! de songes dorés!
Plus de Garonne, de Toulenne!
Plus d'espoir! ils sont séparés
Pour jamais les anneaux sacrés
De notre étroite et douce chaîne!...

II.

Un jour (oh! de ce jour mon âme est encor pleine),
Vous parûtes rêver, vous répondiez à peine,
Votre front dans vos mains se penchait soucieux,
Et l'on vous vit aller dans la sainte chapelle,
Comme un homme qui suit une voix qui l'appelle,
Une invisible ami qui l'invite des cieux.

Là, quand l'esprit divin eut soufflé, quand votre âme
Se sentit du courage, et deux ailes de flamme,
Elle interrogea Dieu : « Seigneur, que voulez-vous?...
» Parlez; ma volonté sera toujours la vôtre;
» Au bout de l'univers, me voulez-vous apôtre?
» Parlez : me voici prêt, je vole au rendez-vous ».

Et quand le doigt de Dieu vous eut montré l'Afrique,
L'Afrique autrefois vierge, autrefois catholique,
Et maintenant réduite aux plus affreux haillons,
Ivre d'un saint orgueil, tout palpitant de zèle,
Votre cœur s'écria : « Ma tâche est bien trop belle;
» Mes liens sont rompus : adieu, France, partons! »

Moi, trop enfant alors, trop faible, trop timide,
Pour suivre votre vol dans son essor rapide,
Moi, je restai tout seul, triste, silencieux :
Ainsi, le jeune oiseau, sous l'arbre solitaire,
Délaissé dans son nid par son plus heureux frère,
Trop faible pour partir, le suit longtemps des yeux.

Je l'aimais cependant avec idolâtrie,
Cette sœur d'outre-mer, notre belle Algérie;
Je l'aimais, quoiqu'enfant, malgré ses longs déserts,
Et maintenant encor le seul nom de l'Afrique
Est un mot pour mon cœur, enivrant, électrique;
L'Afrique est à mes yeux plus que tout l'univers.

III.

Son souvenir en tous lieux m'accompagne,
    Il est partout sur mon chemin;
    Et mes plus beaux châteaux d'Espagne
Sont tous bâtis sur le sol africain.

Que de fois, après la journée,
Quand l'âme rêveuse s'endort
Près de l'antique cheminée,
Traversant à pied sec la Méditerrannée,
Me suis-je vu sur l'autre bord?

Car je voudrais savoir quels parfums on respire,
Dans ce pays ignoré des hivers;
Comment l'arbre y fleurit, comment le vent soupire
Au front des palmiers toujours verts :
Comment le barde arabe y chante,
Quel soleil y mûrit les fruits;
Comment on y dort sous la tente,
Sous le grand manteau bleu des nuits?...
Je voudrais de sa roche nue
Entendre rouler le torrent;
La foudre déchirer la nue,
Ou le canon français au loin lui répondant :
Je voudrais, quand le jour commence,
A l'horizon voir voltiger
Le pavillon qui vient de France,
Ou, par un vent frais et léger,
Voir le peuple ailé des gondoles,
De ses flottantes banderoles
Parsemer le bassin d'Alger.

Sur le penchant de sa colline,

Oh! dites-moi comment s'élève, se dessine
        Alger, cette reine des flots,
        Alger, la grande, la guerrière,
        Autrefois l'horreur de la terre,
        Aujourd'hui chère aux matelots :
        Alger, qu'on nous dit si riante,
        Si pittoresque, éblouissante,
        Au milieu de ses frais bosquets,
        Avec ses remparts pour ceinture,
        Et sa mosquée à minarets,
        A dentelles, à blancs bouquets,
        Se détachant sur la verdure....
        Puis sur le front si radieux
        De cette Babel de notre âge,
        Dominant tout le paysage,
Que j'aimerais à voir avec vous de mes yeux,
        Au-dessus du drapeau de France,
        Flotter le labarum des cieux,
De nos preux chevaliers l'étendard glorieux,
La Croix, signe de paix et signe d'espérance!!!

                    IV.

La Croix!.... Qui l'eût pensé?... Voilà plus de mille ans
Que cette Croix manquait à la plage africaine :
Mais, ces mille ans passés, il faut bien qu'elle enchaîne,
Qu'elle dompte à leur tour tous ces fiers musulmans.

Gloire à la nation qui leva l'anathème !
Qui te remit au front ton premier diadême,
Alger, terre maudite, empire du croissant,
Honneur à mon pays, il est toujours le même !
Pour venger un affront, il s'immole lui-même ;
Pour replanter la Croix, il sait donner son sang.

Honneur à notre France ! elle a su reconnaître
Qu'après les bataillons il est besoin du prêtre
Pour raffermir le sol qui tremble sous les pas :
Pieuse, elle a compris que la croix du Calvaire,
Plus puissante que l'homme, à la fin, pourrait faire
     Ce que ne peuvent nos soldats.

Oui, le canon peut bien renverser les murailles,
Le Français en courant peut gagner des batailles :
Pour l'honneur, sans regret il saura bien mourir ;
Mais voilà ce qu'il peut : laissez à Dieu le reste :
Pour fonder, il nous faut une vertu céleste,
     La Croix seule peut conquérir.

Seule, elle peut changer l'humeur sombre et farouche
Du Kabyle africain qui, sitôt qu'on le touche,
S'agite impatient, gronde comme un lion.
De deux peuples, semés dans les deux hémisphères,
Seule, elle peut former comme un peuple de frères,
     Comme une seule nation.

Ah! laissez-la pousser une fois ses racines :
Sur cette terre aride, au milieu des ruines,
Un peuple plein de vie à ses pieds germera,
Et l'Afrique, rouvrant les yeux à la lumière,
Reverra ses beaux jours, sa jeunesse première,
          Et le désert refleurira.

Tel ce champ désolé, silencieux et sombre,
Que le prophète vit, semé de morts sans nombre ;
Il alla leur parler au nom de Jéhovah,
Et soudain, à ce nom, ces os se rapprochèrent,
A ces débris humains les chairs se rattachèrent,
          Tout un grand peuple se leva.

Espérons tout d'un Dieu qui veut sauver le monde,
Qui rend, quand il le veut, la poussière féconde,
Et tire du rocher des enfants d'Abraham.
Tous ces mondes brillants, lui seul les fit éclore,
Eh quoi! d'un seul regard ne peut-il pas encore
          Tirer un peuple du néant!...

Mais quand reverdira cette tige flétrie?...
Quand verrons-nous enfin luire sur l'Algérie
Son soleil d'autrefois et le jour du pardon?...
Par le sang des martyrs dont elle est empourprée,
Grâce pour cette sœur, si longtemps égarée,
          Grâce, Seigneur, vous êtes bon!

Je ne sais... Mais je sens grandir mon espérance,
Depuis qu'anges de paix, nos évêques de France,
Sur elle ont étendu leurs mains pour la bénir.
Oui, depuis qu'Augustin est rentré dans Hippone,
Il me semble que Dieu descend, sourit, pardonne :
Ne le voyez-vous pas venir?

Mais n'importe le jour, prêtre missionnaire,
Qu'autrefois je nommais du nom si doux de père,
C'est maintenant surtout l'heure du saint combat.
Nos guerriers valeureux vous ont donné l'exemple :
La France vous regarde, Augustin vous contemple :
Combattez en vaillant soldat.

Heureux qui sent brûler au fond de sa poitrine
De ces combats du Christ l'ardeur toute divine,
Qui, généreux, se voue à ces nobles travaux;
Heureux qui s'est inscrit dans la sainte phalange,
Et marche, comme vous, à côté de cet ange [1]
Que l'Afrique doit à Bordeaux !

[1] Monseigneur Dupuch, ancien évêque d'Alger.

L'ANGELUS.

*Ora pro nobis, nunc et in
horâ mortis.*

I.

L'angelus tinte,
Comme une plainte
De la voix sainte
Qui nous poursuit :
Voix qui rappelle
Au cœur fidèle
Qu'à tire-d'aîle
Le temps s'enfuit ;

Qu'il décolore
Ce que l'aurore
En vain décore
De frais atours ;
Et que l'automne
Sur la couronne
Que Dieu nous donne
Souffle toujours.

De la colline

A la chaumine
La voix divine,
Enfant, s'en va :
Chacun s'arrête,
Baisse la tête
Et puis répète :
Ave Maria.

II.

Sainte Marie,
L'âme flétrie
Se jette et prie
A vos genoux :
Le flot qui coule,
Feuilles nous roule,
Avec la foule :
Priez pour nous !

Priez pour l'âme
Qui vous réclame,
O Notre–Dame
De Bon–Secours !
Le pauvre pleure :
Afin que l'heure
Lui soit meilleure,

Priez toujours!

Hélas! dans l'ombre
De la nuit sombre,
Voyez le nombre
Des malheureux :
L'un vous blasphème,
L'autre vous aime;
Mère, quand même,
Priez pour eux !

III.

Et tant que j'erre
Sur cette terre,
Pour moi, ma mère,
Priez surtout :
Le souffle immonde,
Qui partout gronde,
Fait qu'en ce monde
J'ai peur de tout :

Pour que je voie
Des cieux la voie;
Pour que ma joie
Soit sans remord;
Pour que je reste

Simple, modeste,
Vierge céleste,
Priez encor!...

IV.

La cloche tinte,
Et sa voix sainte,
En douce plainte,
Retentira,
Quand ma paupière
A la lumière
Qui nous éclaire
Se fermera :

Instant suprême,
Où, pâle et blême,
Ce qui nous aime
Tremble d'effroi!
Alors, oh! touche
Mes yeux, ma bouche,
Et sur ma couche,
Mère, endors-moi.

Oui, qu'à cette heure,
Où l'airain pleure,

Mon Dieu, je meure
De bonne mort!
Vierge Marie,
Je t'en supplie,
A l'agonie,
Sois mère encor!..

L'ARAIGNÉE.

Que fais-tu là, sœur filandière,
Maîtresse ès arts, qui vas, qui viens,
Tendant tes lacs aériens
A cette branche hospitalière?...
De bas en haut, et des bords au milieu,
Te consumant, tu te démènes :
Peut-on se donner tant de peines
Pour attrapper si peu, si peu!..
— Si je me donne, dès l'aurore,
Chassant aux mouches, tant de soins,
Jeune homme, tu n'en fais pas moins,
Pour attraper peut-être moins encore.

FRÈRE ET SŒUR.

La fleur est de la terre et le parfum du ciel :
(V. Hugo.)

ROMANCE.

Je suis bien loin du toit qui m'a vu naître ;
Et pourtant quand la nuit va commencer son cours,
Bonne sœur, je te vois pensive à la fenêtre :
Frère et sœur, par la foi, se retrouvent toujours!

L'espace en vain à mes regards te voile :
Ton front si doux me rit au bord de l'horizon :
J'entends tes pas, ta voix ; — tu me luis dans l'étoile,
Dont le timide éclat argente ce gazon.

Brises du soir, ah! vous venez, sans doute,
De passer sur les fleurs qu'arrosèrent ses mains :
Revenez et suivez, brises, la même route :
Portez-lui les premiers parfums de mes jasmins.

Et toi, des nuits céleste voyageuse,
Dis-lui que je priais, quand tu passais ici :
Dis-lui que je priais, pour qu'elle fût heureuse ;

Et qu'elle doit prier pour son frère, elle aussi !

Dans nos deux corps, le ciel ne mit qu'une âme :
Aussi, ma sœur, sans toi je trouve longs les jours :
Mais amitié de frère a des ailes de flamme :
Par elle, frère et sœur se retrouvent toujours.

Tu me souris, à côté de ma mère,
Avec ces traits divins dont l'ange se revêt :
Que fais-tu?... Que dis-tu?... Parle-lui de ton frère ;
Frère et sœur sont tous deux autour de son chevet.

Dis-lui ce chant pour endormir sa veille :
Peut-être elle croira m'ouïr comme autrefois !
Lorsqu'on a d'une mère et le cœur et l'oreille,
Frère et sœur n'ont-ils pas tous les deux même voix ?

Doux souvenir !... Oui, les âmes qui s'aiment,
Pour rendez-vous terrestre ont le sein maternel :
Et quels que soient les vents qui dans tous lieux les sè-
Frère et sœur dispersés se retrouvent au ciel ! [ment.

LA NUIT DE NOEL

ou

UNE VISITE DE L'ENFANT JÉSUS.

*Parvulus dominus et ama-
bilis nimis.*

(Saint Bernard.)

LÉGENDE.

I.

La nuit était silencieuse,
Froide, sombre, mystérieuse :
Et c'était la nuit de Noël,
Nuit à tout cœur délicieuse,
Où l'on respire l'air du ciel...
Je rappelais les chœurs des anges;
Bethléem, son humble berceau,
Les bergers quittant leur troupeau,
Pour adorer de pauvres langes;
Et puis les pleurs, et puis les cris
De l'enfant Jésus dans l'étable,
Ses petits pieds, de froid rougis,
Son aimable et divin souris,

Tableau d'un charme inexprimable !

Je me disais : « Que n'ai-je été
» L'un de cette troupe champêtre !
» Avec eux j'eusse visité
» La crèche de mon divin maître :
» Et qui sait?... J'eusse alors peut-être
» Par de tendres soins mérité
» De voir de plus près la beauté,
» L'incomparable aménité
» De l'enfant qui venait de naître !

» Heureux temps ! ravissante nuit !...
» Ton souvenir même s'efface :
» Hélas ! voilà bientôt minuit ;
» Je n'entends encor aucun bruit,
» Aucun chant, aucun pied qui passe !...
» Pourquoi plus de concours pieux
» Vers la maison de la prière ?...
» Pourquoi plus de ces airs joyeux
» Qui partaient de chaque chaumière ?
» Pourquoi, ce soir, ne voit-on plus
» L'aïeul à l'enfance muette
» Dire, en pleurant, comment Jésus
» N'avait pas où poser sa tête ?
» Pourquoi le naïf carillon
» Ne dit-il plus : Paix, espérance ?

» Et pourquoi le noir aquilon,
» Par la montagne et le vallon,
» Trouble-t-il lui seul le silence?... »
Cependant tout s'assoupissait,
Mon feu, ma paupière, ma tempe ;
Et ma bible réfléchissait
Les derniers rayons de ma lampe...
Je m'endormis, mais d'un sommeil,
Rempli de célestes merveilles,
Où tout était prisme vermeil ;
Charme, harmonie à mes oreilles !

Je ne voyais autour de moi
Que pastoureau, que pastourelle,
Qu'étoile d'or, qu'ange, que roi,
M'annonçant la bonne nouvelle :
Et je voyais l'enfant Jésus,
Chaste fruit d'une chaste mère,
Étendant ses petits bras nus
Au riche, au pauvre de la terre,
Dans sa froide grotte accourus !...

II.

Or, lorsque mon âme attendrie,
Dans sa pieuse rêverie,
Voyait, aux rives du Jourdain,

Bethléem et l'enfant divin
Entre les deux bras de Marie,
A ma porte j'entends soudain
Quelqu'un qui frappe... Je m'écrie :
« Et qui vient troubler mon repos,
» Troubler la paix de ma demeure !
» Laissez-moi mes songes si beaux !
» Je n'ouvre jamais à cette heure.
» — Oh ! de grâce, daignez m'ouvrir,
» Répond alors une voix douce,
» Les oiseaux ont des nids de mousse,
» Voulez-vous donc me voir mourir
» Là sur ce seuil qui me repousse? »

Ému, touché de ce discours,
Sous la cendre qui la recèle,
Je vais chercher une étincelle :
Ma lampe s'allume et je cours
Vers la voix douce qui m'appelle :
La porte s'ouvre : au même instant,
Les pieds dans la neige et la fange,
J'aperçois un petit enfant,
Pauvre, timide, grelotant,
Avec une figure d'ange ;
Son innocence, son malheur,
Son sourire mêlé de larmes,
Ont aussitôt gagné mon cœur :

Comment résister à leurs charmes?

Nous voilà déjà tous les deux,
Près du feu qui semble renaître :
Je fais tomber de ses cheveux
La neige, et l'eau qui les pénètre :
Je réchauffe ses froides mains
Avec les miennes, et je l'aide
A laver dans une onde tiède
Ses pieds meurtris par les chemins,
J'en arrachai même une épine,
Et son sang coula sur mes doigts :
L'enfant, dans sa pause divine,
Me regardait toujours sans voix :
Mais son regard était de flamme,
Et moi je ne savais comment
Expliquer mon ravissement,
Ces élans du cœur et de l'âme,
Où l'on espère à tout moment
De ses jours voir rompre la trame.

III.

Mais, quand l'enfant mystérieux
N'eut plus froid, et que sa prunelle,
Brillant d'une grâce nouvelle,
Semblait me faire ses adieux :

« Ange, lui dis-je, car vous l'êtes,
» Que venez-vous faire ici-bas?
» Pourquoi, pour nous, quitter vos fêtes?
» Voyez : aux plus humbles retraites,
» Vous frappez et l'on n'ouvre pas.
» Vous alliez, vous alliez, sans doute,
» A Bethléem : ah! voulez-vous
» Que je fasse avec vous la route?
» L'étoile au ciel luit pour nous tous. »

Lui me répond d'une voix tendre :
« Hôte aimable, qu'est-il besoin
» D'aller chercher Jésus si loin,
» Quand il est là pour vous entendre
» Et pour bénir?... » Comme il parlait,
Ses pieds, ses mains, tout exhalait
Comme un parfum qui s'évapore,
Et sur sa tête qu'elle dore
Une auréole étincelait :
Douce image, qui rappelait
L'Enfant-Dieu que le monde adore.
Aussi, tremblant d'émotion,
Je m'inclinai comme les mages :
Et lui, devenant pur rayon,
Légère et blanche vision,
Se dérobait à mes hommages :
Il fuyait... Je tendais les bras :

« Pourquoi partir, enfant, si vîte ;
» Enfant divin, ne t'en vas pas ;
» Si douce est pour moi ta visite ! »
Mais il avait pris son essor,
Et je ne vis qu'un sillon d'or,
Que son pied laissait dans l'espace :
Heureux pourtant, heureux encor,
Sur mon modeste et doux Thabor,
Je pouvais adorer sa trace !...

LE CONVALESCENT.

Ego dixi : in dimidio dierum meo-
rum, vadam ad portas inferi.

(ISAÏE.)

Ma tête, vers les morts, s'inclinait résignée,
A l'heure où mon printemps commençait à s'ouvrir,
Et demandant en vain d'achever ma journée,
      Je fermais les yeux pour mourir ;

Et je disais : Seigneur, pour jamais à la terre,
A l'homme, à mon séjour, il me faut dire adieu :
Ici-bas, renfermé sous une froide pierre,

Je ne dois plus revoir mon Dieu !

Les jours que j'espérais ont trompé mon attente,
Et je songe au départ sans songer au retour :
Je suis l'arabe errant qui va plier sa tente,
    Après les vents d'un mauvais jour !

Ma vie est une trame à peine commencée,
Dont le frêle tissu va se rompre en ma main ;
Humble fleur, que le vent en passant a brisée,
    Je meurs sans voir le lendemain ;

Et, quand venait la nuit : Le jour est loin encore,
M'écriai-je ; ô mon Dieu, je ne saurais le voir ;
Et, quand mes yeux mourants le revoyaient éclore,
    Je me disais : Irai-je au soir?...

Moins triste est, au départ, dans la plaine effeuillée,
L'hirondelle à son nid méditant ses adieux ;
Moins tremblant le ramier, caché sous la feuillée,
    Quand le vautour s'offre à ses yeux !

Mais alors que ma voix s'élevait expirante,
Que pour moi le tombeau commençait à s'ouvrir,
Mon âme s'arrêta, sur mes lèvres, errante...
Non... Non... Je ne dois pas sitôt plier ma tente,
    Je ne dois pas sitôt mourir.

LE JOYEUX CONVIVE.

RÉPONSE A UNE INVITATION.

Amis, on ne refuse pas,
Quand c'est le cœur qui nous invite :
J'accepte : à vous comme à vos plats
Je promets donc une visite ;
Mais, comme je vis en ermite,
Pour éviter tous les débats
Qui pourraient survenir ensuite,
Au scandale de Marguerite,
Ou plutôt au profit des chats,
Je vais m'expliquer au plus vite,
Et vous prescrire du repas,
Sans symétrie et sans compas,
Le plan en style laconique.

D'abord pas de bruit, de fracas :
Je veux un souper canonique :
Pour premier plat, la poule au pot ;
Puisqu'Henri la veut, il la faut,
Je dois accepter sans réplique :
Après cela, la loi salique,
Voire le code monastique,
Tolère encore un petit rôt,

Pourvu pourtant, dit la rubrique,
Qu'il n'ait pas deux livres de trop !...

Qu'ai-je dit ?... Gare ! pour ce mot,
Je vais passer pour hérétique,
Digne de la verge publique,
Et plus d'un Zoïle indévot
S'en va me loger aussitôt
Chez les derviches, je parie.

Je préviens ce coup de Jarnac ;
Et, soit dit sans plaisanterie,
Demain j'arrive à la frairie
Avec des remords... d'estomac :
Que B⁺ˣ arrive de Preignac
Avec sa face épanouie,
Portant au fond de son bissac
Tous les tours du marquis de Crac,
Tous les calembourgs d'almanach,
Tous les hochets de la folie !
Loin surtout, bien loin tout pédant,
Observateur de l'étiquette,
Qui ne rirait pas en mangeant,
Ne quitterait pas la fourchette,
Crainte de perdre un coup de dent :
Loin tout frondeur, sot transcendant,
Qui croirait la fête incomplète,

Si, lui, n'était railleur, mordant ;
Esprit fort, qui n'est cependant
Que naïf !... La rime dit : b... !
Attention à l'épithète,
Je dis naïf, non pas méchant ;
Et si le terme est malhonnête,
L'expression trop claire et nette,
Je la rétracte sur-le-champ,
Avec contrition parfaite...
Mais laissons-les, de grâce, au champ,
Voguer de planète en planète.

LE FLANEUR.

On a beau vanter la science,
Ses plats fins, ses mets délicats :
Je le vois par expérience,
Ce régime ne me va pas.
Quoique l'écorce soit amère,
Les fruits, me dit-on, en sont doux :
Pour rendre la chose plus claire,
J'aurais mis l'écorce dessous.

Pour vos barbares idiomes,

Dois-je me donner tant de mal,
Quand je vois tant de vos grands hommes
Aller finir à l'hôpital?...
N'importe!... Il faut toujours se taire,
Le maître doit avoir raison
Et, pour rendre la chose claire,
Il a le pain sec, la prison.

Le coq ne chante pas encore,
Que fiévreux, cholérique ou mort,
Il vous faut devancer l'aurore
Et veiller lorsqu'au loin tout dort;
Puis des Grecs fouiller l'ossuaire,
Puis bâiller sur le rudiment;
Ça ferait bien mieux mon affaire,
Si tout s'apprenait en dormant.

Et que me font Athènes, Sparte,
Les Madgiars et les Germains?
A jamais, César, Bonaparte
Seront donc l'effroi des humains!...
Je n'aime pas les cris de guerre,
Ni tous ces faiseurs d'embarras :
Ça ferait bien mieux mon affaire,
Si l'histoire n'en parlait pas.

Après l'étude, vient la classe;

Je vais me blottir dans mon coin :
Toujours à la dernière place,
Je voudrais être encor plus loin :
A pourfendre Virgile, Homère,
Nos imberbes sont toujours prêts :
Ça ferait bien mieux mon affaire,
Si mon tour n'arrivait jamais.

« Admirez donc cette iliade,
» S'exclame-t-on de toutes parts !
» Sur les lauriers de Miltiade,
» Attachez, enfants, vos regards :
» Vainqueurs, au bout de la carrière,
» Un père vous ouvre son sein : »
Bah ! ça fera mieux son affaire,
S'il voit des roses sur mon teint.

« D'une lumineuse auréole
» Quand verrons-nous briller vos fronts ?
» Ne tardez plus : le temps s'envole,
» La gloire réclame vos noms : »
Mais la gloire est toujours bien chère,
Pour l'attraper il faut courir ;
Non, ça ne fait pas mon affaire,
En suant, je pourrais maigrir.

Pour franchir les temps et l'espace

(Je serais sûr de réussir),
Je changerais les jours de classe,
En jours de congé, de plaisir :
Et, pour lors, la gent écolière,
Chapeau bas, redirait mon nom,
Et moi, toujours à mon affaire,
J'irais flâner au Panthéon !

LA VIEILLE CHANSON.

Oh! si jeunesse savait,
Me disait feu mon grand'père ;
Oh! si vieillesse pouvait,
Tout irait mieux sur la terre !...
On croit n'avoir rien à faire,
Quand on n'a pas ses trente ans :
Et bientôt regrets, misère,
Tout arrive *(ter)* en même temps.

On se regarde au miroir :
L'un se parfume la tête,
L'autre est du matin au soir
A fumer la cigarette :
Tous les jours sont jours de fête,

On jouit de son printemps,
Et bientôt printemps, toilette,
Tout se fane *(ter)* en même temps.

Pour briller dans le salon,
On prend un air adorable :
Mais qui ne voit le dindon
Percer sous le fashionable?
Maint caquet inexorable
Passe alors d'heureux instants :
Gants, manières, ton capable,
Tout fait rire *(ter)* en même temps.

Qui reste longtemps au lit
A toujours maigre cuisine,
Et la bourse en déficit
Prend d'un étique la mine :
En revanche chacun dîne,
Chacun soupe à vos dépens,
Et cousin, voisin, voisine,
Tout vous gruge *(ter)* en même temps.

Bien fou qui croirait saisir,
Là-haut, de ses dents la lune :
Plus fou qui croit réussir
Sans souci qui l'importune :
Suivez la route commune,

Travaillez, petits enfants,
Et bientôt bonheur, fortune,
Tout arrive *(ter)* en même temps.

AGAR OU L'ANGE DU DÉSERT.

> Abraham se leva donc de grand ma-
> tin, livra l'enfant à sa mère et la
> renvoya : elle, étant partie, errait
> dans la solitude de Bersabé.
>
> *(Gen.*, 21, 14.*)*

Que vois-je?... Ah! oui, c'est vous, Agar, que j'aperçois;
Et la voix que j'entends, c'est bien la douce voix
De l'aimable Ismaël dont vous êtes la mère :
Il ne s'est pas encor amusé d'aujourd'hui,
Et peut-être Isaac, en ce moment, sans lui,
        Se joue autour de son vieux père.

Regardez..., devant vous c'est partout le désert;
Pas un souffle embaumé qui rafraîchisse l'air,
Pas d'oasis pour vous au pied du sycomore;
Pour calmer votre soif, pas une goutte d'eau;
Agar, n'avancez plus dans cet affreux tombeau!

9

Elle avance, elle avance encore.

Du moins, prêtez l'oreille aux cris de cet enfant,
Qui vous tient par la main et vous suit en pleurant.
Mère, voyez : déjà son front se décolore...
Si votre amour n'a plus de pain pour le nourrir,
Arrêtez, arrêtez, il va bientôt mourir !...
   Elle avance, elle avance encore !

Mais pourquoi lui parler de son fils Ismaël ?...
Elle a trop de sanglots dans son sein maternel,
Pour caresser encor cet enfant qu'elle adore :
Non, ses yeux vers son fils n'osent plus se tourner ;
Non, plus d'eau, plus de pain, plus d'espoir à donner...
   Elle avance, elle avance encore !

Pourtant, quand autour d'elle, à l'horizon mouvant,
Elle voit d'autres flots, soulevés par le vent,
Et comme un océan qui toujours recommence,
Agar n'avance plus ; car le poids de son cœur
Est trop lourd à porter ; car alors sa douleur
   Est, comme le désert, immense.

Et l'enfant se mourait, en lui tendant les mains...
Ses lèvres pâlissaient, et ses yeux presqu'éteints
Se fermaient, se rouvraient à la douce lumière :
Agar, ne tardez plus !... Il veut se reposer ;

Il n'attend, pour mourir, que le dernier baiser,
    Le baiser de sa pauvre mère!...

. . . . , ...

Elle qui l'avait vu souriant autrefois ;
Elle, qui dans ses bras le berça tant de fois,
Ne reconnaissait plus cette tête si belle...
Elle posa son fils, triste objet de ses soins :
« Puisqu'il te faut mourir, aimable enfant, du moins
    » Je ne te verrai pas, dit-elle. »

Et détournant alors ses yeux, pour ne pas voir,
A l'ombre d'un palmier, morne, elle alla s'asseoir
Aussi loin que de l'arc va la flèche légère ;
Et là, seule au désert, seule avec ses douleurs,
Agar leva vers Dieu ses yeux noyés de pleurs :
    « Pourquoi, Seigneur, ai-je été mère?... »

Une aile retentit, et soudain, radieux,
Paraît à ses regards un habitant des cieux,
Un ange!... C'est bien lui, c'est sa voix qui l'appelle :
« Agar, que fais-tu là? Pourquoi pleurer encor?
» Lève-toi, prends l'enfant : Dieu ne veut pas sa mort;
    » Pour l'abriter, voici mon aile. »

Puis, sur ses yeux mourants, l'ange a posé son doigt;

Est-ce un rêve? Mais non... Agar les ouvre et voit
Aux fentes d'un rocher une source d'eau vive :
Elle y vole et revient avec son doux trésor...
Elle écoute en tremblant... L'enfant respire encor...
     Une goutte d'eau le ravive.

RÊVEUR EXCENTRIQUE.

A UN AMI.

Si j'en crois ta mignonne prose,
Je suis abeille, papillon,
Qui ne vit et qui ne repose
Que sur les feuilles de la rose
Et les blanches fleurs du vallon;

Oh! vraiment c'est à faire envie!
Heureux ce sylphe aérien,
Qui, ne vivant que d'ambroisie,
S'en irait bercé par la vie,
Rêvant toujours, ne mangeant rien.

Oui, ce régime est fort commode :
Le mets doit être délicat :

Moi, pourtant, à la vieille mode
Je tiens encor, et m'accommode
Beaucoup mieux de tout autre plat.

Pour t'en convaincre, quitte Rome;
Viens à Tibur dans mon salon :
Tu verras un petit bonhomme
Grisonnant, — et pour l'air, en somme,
Tenant fort peu du papillon.

L'HIRONDELLE DE LA MADONE.

> Là, parmi les ruines d'une antique
> chapelle, aux pieds d'une vieille
> statue de la Vierge, nous aperçû-
> mes un nid d'hirondelle : que de
> choses dans ce petit tableau ! !

I.

Je sais pourquoi, chère hirondelle,
Devançant tes joyeuses sœurs,
Tu viens si vite, à tire d'aile,
Avec les brises et les fleurs;

Tu crains qu'une autre ne se niche
Dans ton doux nid de l'an passé,
Dans cette gracieuse niche,
Seul débris d'un temple brisé;

Tu crains qu'elle ne te dérobe,
Par un pieux et prompt larcin,
Les pieds et les bords de la robe
De la Madone du lieu saint.

Car tu préfères cet asile,
Aux villas, aux plafonds dorés,
Et ton nid de paille et d'argile
Me plaît mieux à ses pieds sacrés,

Auprès de cette touffe d'herbe
Qui pend à ce reste de croix,
Que s'il était au toit superbe
De la demeure de nos rois!...

Ces ruines silencieuses
Prennent une âme : — Es-tu, dis-nous,
L'ombre de ces vierges pieuses
Qui, si longtemps à deux genoux,

Quand la chapelle était ornée,
Soupiraient en des jours meilleurs,

Ombre, qui reviens chaque année
Sur ces débris verser des pleurs?

Hirondelle de la Madone,
Tu pourras être mère encor;
Je te promets qu'ici personne
N'ira toucher à ton trésor :

Car l'enfant lui-même t'adore :
Il n'oserait te faire mal :
Ta voix matinale, sonore,
Pour lui des jeux est le signal.

Il sait, dès l'instant qu'il respire
(Oh! la mère à l'enfant le dit)
Que quiconque oserait te nuire
Serait par Dieu même maudit.

Aussi j'ai vu leurs têtes blondes,
Tristes, vers ton nid regarder;
J'ai vu leur troupes vagabondes
S'arrêter et se demander :

« N'est-ce pas la saison nouvelle?
» Quand donc reviendra ce beau jour,
» Ce beau jour où notre hirondelle
» Nous annoncera son retour?... »

II.

Enfin te voilà revenue
Dans ton séjour aérien :
On est toujours la bienvenue,
Avec un nom comme le tien !·

Tu vois que ta place est la même,
Depuis le jour de tes adieux ;
Oiseau, comme nous, l'hiver t'aime,
Lui-même a respecté ces lieux :

Peut-être vois-tu plus de mousse
Sur ce vieux mur encor debout,
Une fleur nouvelle qui pousse,
Un peu plus d'ombre et voilà tout !...

Allons, que de ton industrie
J'admire les charmants travaux !
Hâte-toi : sous l'œil de Marie,
Tes œufs seront bien vite éclos ;

Et tes petits auront des ailes
Et chanteront son nom béni,
Lorsque les autres hirondelles
Auront à peine fait leur nid.

Ah! c'est qu'aussi la douce image
Veille sur eux : c'est que toujours
Tout grandit sous le patronage
De la Vierge de Bon-Secours !

C'est que, si quelque rayon brille
Du sein d'un nuage argenté,
Il est d'abord pour la famille
Qui dort ou chante à son côté ;

C'est qu'elle-même leur procure
L'abeille qui suce la fleur,
C'est que jamais la nourriture
Ne manque aux oiseaux de son cœur.

Oh! moi, si j'étais à leur place,
L'automne aurait beau m'avertir,
Je resterais : l'hiver, la glace,
Non, rien ne me ferait partir ;

Car d'être là toute la vie,
Là gazouiller, là s'endormir ;
Rien que d'y penser fait envie
Et me fait pleurer de plaisir !...

Puisqu'à vos pieds, douce Patronne,
L'hirondelle aujourd'hui revient,

9*

Puisqu'à vous, Vierge, elle se donne,
Ne la laissez manquer de rien;

Et si jamais un blanc nuage,
Si jamais un lac enchanteur
L'attirait sur une autre plage,
Par l'éclat d'un prisme menteur;

Arrêtez, arrêtez ses ailes,
Ne laissez pas l'oiseau partir;
Hélas! j'ai tant vu d'hirondelles,
D'étourneaux et de tourterelles
Disparaître ainsi pour mourir!

L'ÉPAGNEUL MALADE.

Dame Gertrude avait un chien :
Un chien!... Non, je me trompe, il faudrait plutôt dire
Un vrai Sardanapale, un épicurien,
Un petit favori, friand de son sourire,
L'effroi d'un canari, qui voulait tout ou rien,
Et qui ne voyait pas, vous l'imaginez bien,
Sans dépit, finir son empire.

La dame ne rêvait que son cher épagneul :
Quand elle le quittait, c'était toujours des larmes :
Un rien sur son Lindor la mettait en alarmes :
Son nom, sa voix, son air, la ravissaient, lui seul
Semait sur ses vieux ans quelques fleurs, quelques char-
                                        [mes;

Aussi, tous les matins, après le doux repos,
Après les doux baisers, une table princière
Attendait le mignon de notre douairière :
        Et l'appétit fort à propos
        Au rendez-vous ne manquait guère.
Il vous expédiait les plus gentils morceaux,
    En bonne forme, et d'une dent légère ;
        Si bien, qu'au bout de quelques mois,
Il eut tout l'embonpoint de ce rat Sybarite,
        Qui, sous l'habit d'un faux ermite,
Dans un large fromage habitant autrefois,
Avait table et couvert dans le fond de son gîte.

Mais de vivre en milord l'estomac se lassa ;
        Il fit d'abord le difficile,
        Et puis à la fin menaça
De quitter le métier et de chômer tranquille.
        Il tint parole... Plus de mets
Capable d'exciter son humeur apathique :
Lindor ne mange plus... Il perd tous ses attraits,

Et voilà que ses yeux épais
S'endorment tout à coup d'un sommeil léthargique.
Grand fut le deuil, dans toute la maison !
Autour du moribond, on s'agite, on s'empresse :
Gertrude en a le cœur tout navré de tristesse,
Et Marthe, autre Baucis, pleura même, dit-on,
En voyant pleurer sa maîtresse.

Médecins sont mandés; médecins d'accourir :
Le médecin Tant-pis, comme Tant-mieux, son frère :
On se dispute, on délibére,
On ne parle qu'avec mystère,
Comme si l'héritier du trône allait mourir !
Vains efforts ! Toutes les formules,
Tous les sirops et toutes les pilules
Ne peuvent rien pour arrêter le mal,
Et même le pauvre animal,
Grâce aux soins de la médecine,
Comme sans peine on l'imagine,
Bientôt après, alla plus mal.

Dans une échoppe de la ville,
Pleine de rats, vide d'argent,
Vivait une ombre de Sybille,
Correspondante de Satan,
Portant le nez gothique et tout l'accoutrement
D'une vieille sempiternelle :

Sa science surtout était universelle :
  Les hommes et les animaux
  Trouvaient à toute heure chez elle
  Un antidote à tous les maux.
  Et Marthe, bonne créature,
Faible d'esprit, hantait depuis longtemps ce lieu,
  Sans scandale, je vous l'assure :
  Et, demandant pardon à Dieu,
  Laissant là son pot et son feu,
  Elle osait quelquefois un peu
Prêter aussi l'oreille à la bonne aventure.

Appeler la commère et consulter le sort?
Gertrude ne pouvait y songer sans scrupule :
Mais le malheur, hélas! rend l'homme si crédule!
Et puis Marthe priait au nom de cher Lindor :
Femme pouvait à moins se rendre ridicule.
On appelle la fée... Un bâton à la main,
  Elle se met vite en campagne,
  Clopin-clopant, spéculant sur son gain,
Et bâtissant encor des châteaux en Espagne!
  Bâtir si vieille!... Mais enfin
Elle arrive à la porte... Elle s'ouvre, ô tristesse!
Lindor en ce moment sortait d'une faiblesse :
La dame au désespoir le pressait sur son sein,
  C'était caresse sur caresse!
  « — Et quoi sitôt, sitot mourir,

» Pauvre Lindor! — Non, non, Madame,
» Lindor ne mourra pas, je saurai le guérir,
    » Je vous le jure sur mon âme.
» — Ah Dieu! serait-il vrai? — Contre l'arrêt fatal,
    » J'ai les secours de l'art magique,
» Je sais pour le guérir un puissant spécifique;
    » Mais la nature de son mal
    » Ne permet pas que je m'explique.
» Voulez-vous? — Que faut-il? — Quatre jours seulement
» Et je vous le rendrai gracieux et charmant ».
Gertrude est sur le point de se pâmer de joie :
L'espoir et le plaisir ont ranimé son teint :
Elle donne Lindor, enveloppé de soie,
Et lui fait ses adieux, en laissant de sa main
Tomber trois pièces d'or que la vieille soudain,
Entre ses doigts crochus, serre comme une proie.
Contrat passé, Margot se remet en chemin.

Vous le soupçonnez bien, tant que dura l'absence,
Gertrude était rêveuse, elle ne dormait pas :
Lindor lui revenait sans cesse en souvenance :
    On l'entendait gémir tout bas;
C'était tantôt de crainte et tantôt d'espérance.
Marthe la gronde en vain; Gertrude, au moindre bruit,
Croit toujours que la voix de Lindor la poursuit;
Et sitôt qu'un rayon a frappé sa persienne,
Elle appelle à grands cris; il faut que Marthe vienne

Et coure chez la magicienne,
Pour savoir si Lindor a bien passé la nuit.

Cependant la Mégère en son laboratoire,
Après avoir longtemps consulté le destin,
Dans un in-folio de grec ou de latin,
Dernière édition, à ce que dit l'histoire,
        Du fameux livre Sybillin,
Venait enfin de voir que le grand personnage,
Lindor, dont le grimoire, hélas ! ne parlait point,
    N'était malade, et c'est assez l'usage,
    Que d'un excès de santé, d'embonpoint.
            Régime *ad hoc*. — Notre empirique,
            Qui n'était pas apparemment
            Du système homœopathique,
            Adopte un nouveau traitement,
            Fort simple et très-économique :
            Adieu les couches de duvet !
Les genoux de sa dame et l'épaisse fourrure !
        Il lui faut coucher sur la dure ;
Au lieu des macarons, détrempés dans le lait,
Plus que du pain moisi pour toute nourriture,
Et pour toute boisson qu'un breuvage aigrelet !
        Ah ! si Gertrude le savait !...
Lindor, pourras-tu bien dévorer cette injure ?...
    Le premier jour, notre czar détrôné,
        Silencieux, tête baissée,

Ne nourrissait son orgueil indigné
Que du long souvenir de sa grandeur passée :
 Mets savoureux, dit l'Odyssée,
 Mais bien léger pour l'estomac !

 Bref, nonobstant ce divin plat,
Au bout de quatre jours, il n'eut pour tout bagage
Que les os et la peau : jouer son personnage,
Jusqu'au bout, n'était pas peut-être sans danger :
Il crut donc qu'il devait se remettre à manger.
 Sans grand souci de l'étiquette,
 Il s'en va partout, il furette
 Deçà, delà : la moindre miette
 Est aujourd'hui mets délicat.
 L'autocrate, le potentat
N'est plus qu'un courtisan qui pour plaire s'abaisse,
 Qu'un pauvre petit mendiant,
 Toujours tournoyant, louvoyant
 Autour de sa dure maîtresse :
 Et quand Margot, le lendemain,
 S'en vint le porter à Gertrude,
Si grande était sa faim, si forte l'habitude
 De tout manger, qu'il aurait pris sa main
 Pour un morceau de massepain.

 Que conclure de cette fable ?
 D'abord, c'est qu'un peu de malheur

Rend moins exigeant, plus traitable ;
Puis enfin, que tout gros seigneur
N'a pas toujours santé, bonheur,
Bien qu'il ait toujours bonne table.

LA VOIX DES MORTS.

> *Miseremini, miseremini mei,*
> *saltem vos, amici mei.*
> (Job.)

Il était nuit, la ville immense
Laissait tomber sa grande voix :
Le char lointain de l'opulence,
Les derniers cris de l'orgie en démence,
Interrompaient seuls quelquefois
L'âme qui rêvait en silence :

Et cependant j'étais au seuil
D'une autre cité pleine d'ombre,
Cité de morts, cité de deuil,
Où le saule et le cyprès sombre
Se balançaient, où partout l'œil
Rencontrait des tombeaux sans nombre.

Ici donc passent sans retour
Les fils de la cité vivante ;
Ici les cris de la foule indigente,
Les chants joyeux de la foule opulente
Viennent expirer tour à tour !...

Ici point d'autre bruit que la feuille qui tombe
Sur le triste sentier des morts ;
Pas un pied qui vienne à la tombe :
La tombe donne des remords...

Et puis, les morts, froide poussière,
Ont assez de leurs monuments ;
Quel mort jamais à la lumière
Est venu se plaindre aux vivants ?...

Moi, dans l'enceinte solitaire,
Parmi ces tertres ignorés,
Je cherchais la trace d'un frère,
Dormant à côté de ma mère,
Tous les deux, hélas ! tant pleurés !...

La lune, sortant à cette heure
Du sein des nuages errants,
Sur la morne et froide demeure,
Versait quelques rayons mourants ;
Et le sourd murmure des vents

Semblait être un ami qui pleure.

Je priais ; mais à peine, à ceux qui ne sont plus,
    Ma voix s'est-elle fait entendre,
Que j'ouïs près de moi sourdre le bruit confus
De voix qui s'appelaient d'un air plaintif et tendre ;

    Je regardai, pâle d'effroi,
    A travers les feuillages sombres ;
Et je vis, à l'entour, à quelques pas de moi,
    Voltiger quelques blanches ombres ;

    Elles allaient, elles venaient,
    Comme des flammes inconstantes ;
    Et leurs voix tristes, sanglotantes,
    Autour des tombeaux se plaignaient.

Le vent se tut : dans un profond silence,
    J'écoutai ; car j'avais compris
    Que ces ombres, sur ces débris,
    Étaient des âmes en souffrance
    Qui demandaient leur délivrance
    Par leurs sanglots et par leurs cris :

L'une disait : hélas ! tout le monde m'oublie :
Où donc est mon époux ? Où sont donc mes enfants ?
Ne m'ont-ils pas tous dit, au départ de la vie :

Nous irons pleurer bien longtemps,
Sur ta tombe, mère chérie?
Et pas un n'est venu; toujours je les attends!

L'autre disait : Pourquoi de ma grandeur passée
Éterniser ainsi le néant et l'orgueil?...
A quoi bon ce porphyre et cette urne brisée?
Mieux vaudrait sur ma cendre une larme versée
Que ce marbre et cet or qui couvrent mon cercueil;

Et tout près d'une étroite tombe,
Où, parmi la verdure, à l'ombre d'une croix,
Sans doute reposait quelque blanche colombe,
J'entendis soupirer une autre douce voix;

Elle disait : Ma mort fut prompte,
Et je croyais ne plus souffrir;
Tout le monde disait, en me voyant mourir :
C'est un ange, au cœur pur, qui vers le ciel remonte,
Et personne n'osa faire entendre un soupir.

Mais vous, Seigneur, murmurait-elle,
Vous trouvez dans ce cœur plus d'une tache encor;
Toujours en vain je vous appelle,
Ma robe n'est pas assez belle,
Oh! qui viendra pleurer ma mort!...

Mais déjà des âmes souffrantes

Le nombre était moins grand, et le funèbre enclos
Ne me présenta plus que des feuilles errantes,
Des soupirs prolongés, des plaintes expirantes
Pareils aux bruits voilés des forêts et des flots.

Et je n'ouïs plus rien, rien que la voix sonore
    Du mélancolique beffroi;
Rien que ces mêmes voix qui murmuraient encore :
    « Vous qui priez, priez pour moi!... »

    Ah! Seigneur, oui, pitié pour elles!...
Quand donc de leur exil verront-elles la fin?
    Quand donc, aux noces éternelles,
Aux fêtes de l'époux, si riantes, si belles,
Les appellerez-vous, pour apaiser leur faim?...

    Abrégez leurs jours sans lumière,
    Les jours de pleurs et de tourment;
Ah! rendez à leurs os la tombe plus légère;
Songez, songez à ceux que délaisse la terre;
Donnez-leur paix, repos et rafraîchissement!
    Donnez surtout à cette âme inconnue,
    Qui m'adresse un si tendre appel,
    Et la blancheur qu'elle a perdue,
Et la place qu'elle a si longtemps attendue
    Parmi les douces fleurs du ciel!...

    Et tout à coup, à travers l'ombre,

Je vis un blanc rayon courir sur le ciel bleu,
Et j'entendis ces mots : « Adieu ! mon frère, adieu !
    » Soyez béni : ma prison sombre
    » S'est ouverte, et je monte à Dieu ».

    Et cependant la ville immense
    Laissait tomber sa grande voix :
    Le char lointain de l'opulence,
Les derniers cris de l'orgie en démence
    Interrompaient seuls quelquefois
    L'âme qui priait en silence.

LE BON MÉNAGE.

A MA SOEUR.

    Quels cœurs s'aimeraient sur la terre,
    Si frère et sœur ne s'aimaient pas?

I.

    Tu me disais dès le jeune âge,
    Ma sœur (ce souvenir m'est cher) :

« Nous aimerions Dieu davantage,
» Nous serions à lui sans partage,
» Une fois, mon frère, au désert ».

Et depuis, de cette espérance
J'ai vécu, ma sœur, comme toi,
En priant Dieu, dans le silence,
D'exaucer ce rêve d'enfance :
Et Dieu va l'exaucer, je croi!

Oh! si, loin du bruit de la terre,
Le ciel me donne enfin en dot,
A la campagne, un presbytère,
Dans ma chartreuse solitaire,
Tu viendras me joindre aussitôt.

Et là, nous ferons bon ménage,
Nous vivrons comme frère et sœur,
Tous deux à l'abri de l'orage,
Entre le clocher du village
Et la tombe du laboureur...

II.

Le vois-tu ce riant asile,
Ce presbytère désiré,
Avec sa toiture d'argile,

Son ormeau, sa treille mobile,
Et son mur de lierre entouré?

Là, comme avant les jours d'absence,
Tu le sais, ce que voudra l'un,
L'autre le comprendra d'avance,
Et le plaisir et la souffrance
Entre nous tout sera commun!

Là, par un fraternel échange
De conseils, d'exemples pieux,
Notre vie, enfin, sans mélange
De limon, d'ombres et de fange,
Montera pure vers les cieux.

Et même du saint ministère
Je te promets, ma sœur, ta part :
L'âme vierge au ciel est trop chère,
Pour qu'on la laisse sur la terre,
Comme une étrangère, à l'écart.

III.

Tous les deux, levés dès l'aurore,
Nous irons présenter à Dieu
Les vœux du pauvre qui l'implore,
Et pour le jour qui vient d'éclore,

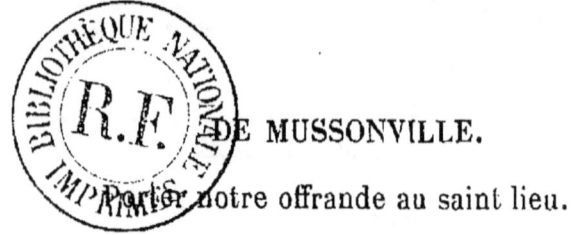

Porter notre offrande au saint lieu.

Ta main, avec l'eau qu'elle épanche,
Lavera le bas de l'autel,
Et j'aurai toujours nappe blanche
Pour offrir à Dieu, le dimanche,
Le sacrifice solennel.

Pour embaumer le sanctuaire,
Nous aurons toujours quelques fleurs,
Et les enfants de la chaumière,
Emmenés, portés par leur mère,
Au besoin y joindront les leurs.

S'il est quelque âme désolée,
Tu l'aideras à bien souffrir,
Tandis qu'au fond de la vallée,
Dans quelque cabane isolée,
J'aiderai l'autre à bien mourir.

Tandis que ma sœur d'une obole
Fera l'aumône en son chemin,
J'irai, selon la parabole,
Semer la divine parole :
Il faut à l'âme aussi son pain.

Courant par toute la contrée,

Comme le bon pasteur, j'irai
Chercher la brebis égarée,
Et, fier de l'avoir recouvrée,
Sur mon sein je la porterai.

Pour toi, rentrée au presbytère,
Je crains bien que, ne songeant pas
Comme Marthe, *au seul nécessaire*,
Pour fêter le retour d'un frère,
Tu ne serves plus de deux plats.

Non, non, ma bonne ménagère,
Pas de scrupule encor, pourtant ;
Toutes les fois qu'à la lumière
Un pécheur renaît, Dieu le père
Et tous les saints en font autant.

En outre, contre notre attente,
Nul ami n'est venu nous voir :
Et l'ange, assis devant ma tente,
Ma sœur, dis-je, eût été contente
De pouvoir bien le recevoir.

Car, chez nous, j'en suis sûr d'avance,
On n'attendra pas sur le seuil :
Nous ne craindrons pas la dépense,
Et nous aurons assez, je pense,

Pour faire à tous un bon accueil.

Jamais nous ne ferons un crime
Aux pauvres, s'ils le veulent bien,
De prélever chez nous la dîme;
Et, crois-le, ce nouveau régime
Sera plus goûté que l'ancien.

SAINT VINCENT DE PAUL [1].

Defunctus adhùc loquitur.
(HEBR. 11, 4.

I.

Salut, chêne sacré qu'a respecté l'orage;
Monument des vieux temps, devant lequel chaque âge
S'incline en passant tour à tour,

[1] Près du village de *Pouy*, dans les landes, se trouve un chêne d'une dimension colossale, qui est depuis longtemps un objet de vénération pour les habitants du pays. — Une tradition rapporte que c'est là que saint Vincent de Paul, petit enfant encore, conduisait son troupeau et venait prier.

Salut! un voyageur, inconnu de la terre,
Pèlerin en ces lieux, sous ton front séculaire,
    Vient prier au déclin du jour.

Le pied ne trouve ailleurs qu'une poussière morte;
Mais la terre où je marche est comme un sol qui porte
    De beaux souvenirs dans son sein :
Je m'asseois où s'assit autrefois un grand homme;
A quelques pas de moi, je vois le toit de chaume,
    Immortel berceau d'un grand saint.

On dirait Bethléem, sa splendeur et ses langes!...
On croit voir Nazareth, où, sous l'œil des bons anges,
    Sa chaste enfance s'écoula;
Ici fut son autel, son premier sanctuaire ;
Voilà peut-être encor les débris de la pierre
    Où saint Vincent s'agenouilla!...

Oh! qu'il est doux de voir l'humble coin de l'espace
Où des morts vénérés ont laissé quelque trace
    De leur passage parmi nous!...
On respire en ces lieux je ne sais quel dictame,
Et quel souffle divin qui vous embaume l'âme,
    Qui vous fait tomber à genoux!...

II.

Il est des noms fameux dont la foule tremblante

Adore quelque temps l'auréole sanglante;
　　　Mais ce n'est bientôt qu'un vain son :
Quand la mort a frappé, le prestige s'envole;
On n'éprouve à l'aspect des débris de l'idole
　　　Qu'un involontaire frisson.

Oui, j'en ai vu partout des têtes couronnées,
J'ai trouvé le récit de leurs grandes journées
　　　Sur le marbre et sur le granit:
Mais à leur souvenir pas de larme qui coule,
Pas un regret au cœur; j'ai cherché dans la foule,
　　　Pas une bouche ne bénit!...

La popularité que la sainteté donne
Est la vraie auréole, et la seule couronne
　　　Que le temps ne saurait flétrir;
Voilà pourquoi Vincent, à l'abri du blasphème,
Malgré ses deux cents ans, reste toujours le même,
　　　Et, parmi nous, ne peut mourir.

Ah! que dis-je?.., depuis que sa tombe est fermée,
Voyez sa populaire et sainte renommée
　　　Qui se dilate tous les jours;
Comme le tronc robuste, au flanc de la colline,
Appuyé sur le roc, sur sa forte racine,
　　　Il grandit, il grandit toujours!

Car c'est toujours par lui que Dieu sauve le monde:

C'est toujours lui qu'il met à l'œuvre et qui seconde
  Les efforts de son bras puissant :
Veut-il parler au cœur, veut-il soumettre une âme ?
Il semble que partout Dieu lui-même réclame
  Le ministère de Vincent...

III.

Pour fendre le rocher, il choisit sa parole :
C'est par lui qu'il répand la manne qui console,
    C'est lui qui dit à tous : « Venez,
» Venez, vieillards sans pain, vous dont le pas chancelle,
» Venez tous sur mon cœur, enfants à la mamelle,
    » Vous dont le crime est d'être nés. »

Oui, c'est lui qui tarit les pleurs de l'indigence ;
C'est de sa main que tombe et l'or et l'espérance
    Pour tout ce qui souffre ici-bas ;
Toujours du même amour son œil rayonne, brille ;
Il aime à réunir, au banquet de famille,
    Ceux que le monde ne veut pas !

C'est lui qui nous sourit dans le souris céleste,
Que nous voyons toujours au front pur et modeste
    De ces anges de charité ;
De ces aimables sœurs dont on baise la trace,
Et dont l'auguste nom trouvera toujours grâce,
    Même devant l'impiété.

C'est lui qui pousse encor, vers les plages lointaines,
Ces hommes qui, foulant les amitiés humaines,
    Partent sans rien nous demander,
Et qui, de l'Océan malgré la digue immense,
Vont porter au gentil la divine semence,
    Et leur sang pour la féconder.

IV.

Et vous, héros d'hier [1], jeunesse grande et forte,
Vous, dont l'œuvre déjà comprend tout ce qui porte
    Quelques gouttes de sang français,
A qui le devez-vous ce cœur, que rien ne lasse,
Si ce n'est à Vincent, dont la sublime audace
    Pour le bien n'hésita jamais?

Non, vos âmes de feu, d'une foi pure, immense,
Ne battraient pas si fort d'ivresse et d'espérance,
    Vos fronts seraient moins radieux,
Si vous n'aviez son nom inscrit sur vos poitrines,
Si lui-même, porté sur deux ailes divines,
    Ne guidait votre essaim pieux.

Jeunes enfants du Christ, à l'œuvre, sans relâche!

---

[1] Aux membres de la Société de Saint-Vincent-de-Paul.

A l'œuvre !... Poursuivez votre brillante tâche :
　　Du même pas avancez tous.
Les méchants pourront bien susciter des obstacles;
Mais Dieu peut-il manquer de faire des miracles
　　　　Pour qu'ils s'abaissent devant vous?

Allez, allez toujours : catholiques, courage !!
Le succès vous attend; quand on est à votre âge,
　　　　Les grandes vertus ne sont rien :
Le cœur déborde alors de sève et d'énergie,
Et l'un ou l'autre : il faut, ou qu'il apostasie,
　　　　Ou qu'il soit tout à fait chrétien.

Mais, aussi, qu'il est beau le croyant qui s'immole,
Pour traduire avec vous tous les mots du symbole,
　　　　Par d'héroïques actions !
Le libertin, sans foi, lui-même lui pardonne,
Et lui tendrait la main pour recevoir l'aumône
　　　　De ses saintes convictions.

Car ce n'est pas, amis, en gaspillant la vie,
En se laissant aller par la pente fleurie,
　　　　Comme les feuilles à tout vent,
Que l'on vient au bonheur, au ciel bleu, sans nuage,
A ces limpides eaux dont le lointain mirage
　　　　Nous sourit, helas! si souvent.

Crucifier ses sens, vivre de sacrifice,

Donner à la vertu tout ce qu'on donne au vice,
　　Voilà le vrai festin du cœur.
Ah! le bonheur n'est pas aussi loin qu'on le pense!
Pour nous il est partout, même dans la souffrance,
　　Comme le miel dans chaque fleur.

Le bonheur, n'est-ce pas? avec ses plus doux charmes,
Il est, au bord des yeux, dans la trace des larmes
　　Que notre main vient d'essuyer.
Il rayonne pour nous, dans cette humble famille,
Dont chaque enfant nous doit la flamme qui scintille
　　Tous les soirs au petit foyer.

Quand le riche a donné ses radieuses fêtes,
La nôtre est de cueillir, pour les veuves, les miettes,
　　Près de la table du festin :
Et quand, pour le plaisir, la foule se sépare,
Nous, nous trouvons le nôtre à songer à Lazare,
　　Qui demande un morceau de pain.

Le bonheur! le bonheur! vous le trouvez, jeune homme,
Dans tous ces noms touchants dont le pauvre vous nomme,
　　Dans le bruit lointain de ses pas,
Dans le frémissement de sa main qui vous touche,
Dans le dernier soupir, qui tombe de sa bouche,
　　Pour vous dire merci! tout bas,

Dans le parfum qu'exhale une bonne journée,

Dans le doux souvenir d'une obole donnée
        A l'aveugle, au jeune orphelin;
Et dans ces voix du ciel que vous croyez entendre,
Et dans ces songes d'or qui viennent se suspendre,
        La nuit, à vos rideaux de lin!...

Ah! c'est alors surtout, quand personne ne pleure,
Alors que dans un coin de sa pauvre demeure
        Une âme encor redit vos noms;
C'est dans ce sommeil pur, d'ineffable délire,
Que votre ange gardien, au caressant sourire,
        Vient, par respect, baiser vos fronts.

Et votre fête, à vous, n'est pourtant pas finie!...
Car vienne, quand voudra, l'heure de l'agonie,
        La mort ne brise aucun lien :
Vous mourez sans effort : comme Vincent, peut-être!...
Et puis l'on dit de vous, comme de votre maître :
        « *Il est passé faisant le bien.* »

LE RETOUR AU PAYS.

ROMANCE.

Côteaux charmants de La Réole,
De mon berceau fraîche auréole,
Salut! enfin, vers vous j'accours,
    Je vole,
Riant pays, sois mes amours
    Toujours!

C'est là, c'est là mon Atlantide,
Ma solitaire Thébaïde,
Où ma Garonne coule encor
    Limpide,
Suspendant son écume d'or
    Au bord.

J'aime ce castel en ruine,
Plus loin, la tour Bénédictine,
Avec le couvent qui les flots
    Domine,
Et son péristyle d'ormeaux
    Si beaux!

J'aime cette belle campagne,

Plus que Delille sa Limagne :
Là, souvent, enfant, je rêvais
          D'Espagne,
Quand, le soir, sous mes saules frais
          J'errais.

Entre ces touffes de verdure,
J'aperçois la demeure obscure
Où mon enfance s'écoula
          Si pure ;
Tout ce que j'aime et qui m'aima
          Est là !

Hôtes du lieu qui m'a vu naître,
Salut, oiseaux de ma fenêtre !
Ils chantent déjà le retour
          Du maître :
Vers moi, plus d'un gai troubadour
          Accourt.

Pourrais-je, au sortir du collége,
Revoir l'aïeul au front de neige,
Baiser ce front avec orgueil ?
          Que sais-je ?...
Tant de fois, l'absent trouve au seuil
          Le deuil !...

O Dieu ! que mon regard avide

Ne trouve aucune place vide!
Mais que, volant comme un essaim
   Rapide,
Tous viennent presser sur leur sein
   Ma main!!...

LE MOINEAU DE L'ÉCOLIER.

Pleurez, amis; pleurez encor,
Vous, Ris et Jeux, enfants des Grâces!
Le compagnon de mes disgrâces,
L'oiseau qui m'abrégeait les classes,
Mon moineau, si charmant, est mort!!...

Oh! comme il savait me distraire!
Comme à m'aimer il se plaisait!
A la voix il me connaissait,
Comme un frère connaît son frère.

Il s'enfuyait, il revenait,
M'agaçant par ses gentillesses;
Sur mes lèvres il butinait
Et les miettes et les caresses :

Et puis, sautillant sur mes doigts,
Il avait toujours à me dire
Quelques jolis airs, et sa voix
Savait toujours me faire rire.

Maintenant, hélas! chez les morts
Il descend emportant ma joie!...
Il descend!... et les tristes bords
Ont-ils jamais lâché leur proie?...

Cruelle mort, sombres enfers,
Pourquoi vous rire de nos larmes?...
Pourquoi des êtres pleins de charmes
Nous ravir toujours les plus chers?...

O beauté, trop tôt moissonnée,
O moineau, moineau malheureux,
J'ai tant pleuré ta destinée
Qu'il n'est plus de pleurs dans mes yeux!

(Imité de Catulle.)

L'ANGE DU SOIR.

ROMANCE.

Dans l'ombre solitaire,
Est-ce l'ange du soir
Qui glisse avec mystère,
Comme un rayon d'espoir?...
Où va ton aile blanche,
Céleste messager?
Sur mon front qui se penche,
Viendrais-tu voltiger?

Quand toute la nature
Se tait et qu'il fait nuit,
Que j'aime le murmure
De ton aile qui fuit!
Oh! si ta main légère
Venait clore mes yeux,
Pèlerin sur la terre,
Je me croirais aux cieux.

Sur nos têtes, tu planes
Sans te lasser jamais;
Et, cheminant, tu glanes

Nos pleurs et nos souhaits :
Prières, douces plaintes,
Parfums des plus beaux lis,
Au seuil des maisons saintes,
Par toi sont recueillis!...

Heureuse la demeure
Où tu viens reposer,
Heureux le front qu'effleure
Ton chaste et doux baiser!
Sous ce toit qui me couvre,
Bel ange, viens t'asseoir :
Ma porte, mon cœur s'ouvre,
Prêt à te recevoir!...

Mais il fuit... et son aile
Cherche au loin d'autres toits :
Une autre voix l'appelle,
Plus pure que ma voix :
La nuit se fait obscure :
Plus une étoile d'or ;
Rien, non, rien ne murmure,
Aile, herbe, fleur, tout dort.

Refrain :

Ah! que n'ai-je de l'enfance

La candeur et l'innocence!
L'aile qui glisse en silence
Viendrait à moi :
Je le voi!...

L'OISEAU DE LA SAINTE VIERGE.

*Sicut pullus hirundinis, sic
clamabo ; meditabor, ut
columba.* (Ps.)

LÉGENDE.

Serait-il encor sur la terre,
Bonne Vierge, est-il mort ou non,
L'oiseau du pieux solitaire,
L'oiseau qui, pour toute prière,
Gazouillait votre aimable nom?

Là-bas, sous cet arbre qui penche,
Près de sa grotte, au bord de l'eau,
L'ermite avait fait un berceau,
Un petit nid de mousse blanche,
Où, toujours sur la même branche,

Sommeillait son charmant oiseau :

L'anachorète, à chaque aurore,
Priait Marie, et, quand le soir
Rendait le vallon sombre, noir,
Il priait, il chantait encore,
Et, près de lui, l'oiseau chantait,
Caché sous sa branche fleurie;
Soir et matin il répétait :
Salut ! Sainte Vierge Marie !

Jamais l'oiseau du nouveau Paul
N'était sorti de l'ermitage :
Jamais il n'avait dans son vol
Rasé le lac du voisinage :
Toujours dans le même horizon,
Toujours sous sa branche fleurie,
Avec son ami, sa chanson;
Il ne savait qu'un nom : Marie !

Or, un jour que le lac laissait
Flotter son onde transparente,
Et que le bois reverdissait,
Bercé par la brise odorante,
Il prend son gracieux essor
Vers la forêt verte et fleurie,
Et, par les airs, il chante encor :

Salut, Sainte Vierge Marie !

Mais un faucon, cruel, entend
Le son de sa voix argentine ;
Il tombe sur l'oiseau chantant,
Qui vers la forêt s'achemine :
Alors le petit pèlerin,
Prêt à mourir, frissonne, crie,
Il se souvient de son refrain,
Et dit encor : Salut, Marie !

A ce seul nom, le faucon part...
Et le vieillard de l'ermitage
Cherchait partout, d'un long regard,
Le solitaire au blanc plumage,
Et l'oiseau ne revenait pas
Dormir sur sa branche fleurie ;
Il fallut seul chanter tout bas :
Salut, bonne Vierge Marie !

Mais comme il regardait, pensif,
Du côté de la forêt belle,
Son œil voit le pauvre captif
Qui revenait à tire-d'aile :
Joyeux, il le prend dans sa main,
Le met sur sa tige fleurie,
Et l'ermite et le pèlerin
Dirent tous deux : Merci, Marie !

Mère, si je devais un jour,
Errant, volant à l'aventure,
Livrer mon âme blanche et pure
Aux serres d'un cruel vautour,
Comme à l'oiseau, je vous en prie,
Oh! donnez-moi de revenir,
Pour que je puisse vous bénir
Et dire aussi : Merci, Marie!

LA PREMIÈRE COMMUNION DE L'ORPHELINE.

AUX ÉLÈVES DES DAMES DE LA FOI.

> *Deus, Deus meus, ad te de*
> *luce vigilo; sitivit in te*
> *anima mea!*

I.

LA SAINTE VEILLE.

Il est minuit... Tout dort : seule depuis longtemps,
Moi, je prie et je veille! ô toi, jour, que j'attends,
Exauce vite ma prière!...

Sombres voiles des nuits, qui me cachez les cieux,
Fuyez, repliez-vous, laissez luire à mes yeux
    Mon Jésus, ma douce lumière !

Les voilà donc finis les soupirs de la foi,
Les rêves de l'amour ! le voilà devant moi
    Ce jour, objet de tant d'envie ;
Où je vais me trouver face à face avec Dieu,
Où mes lèvres boiront aux coupes du saint lieu,
    Pour la première fois, la vie !...

Comme le cerf soupire après l'eau du rocher,
Comme l'enfant tressaille en voyant approcher
    Le sein maternel qu'il aspire :
Avec la même soif, avec la même ardeur,
Je tressaille vers vous : ainsi, Dieu de mon cœur,
    Après vos autels je soupire !...

Oh ! pourquoi n'ai-je pu, Seigneur, seule avec vous,
Dans le sacré parvis, priant à deux genoux,
    Passer cette nuit sous votre aile !
Oh ! que n'ai-je été l'urne ou cette lampe d'or
Qui brûle devant vous et veille, quand tout dort,
    J'eusse veillé, brûlé, comme elle !

Mais vous êtes ici, je le sais, je le crois ;
Car vous êtes partout où s'élève une voix,
    A votre amour, à votre gloire ;

Et c'est votre regard qui vient me visiter
Dans ce pâle rayon qui va se refléter
    Aux pieds du crucifix d'ivoire.

Oui, votre œil est sur moi : votre oreille m'entend :
Le plus petit oiseau, le plus petit enfant
    N'est pas seul, quand il prie ou chante ;
Si j'appelle, aussitôt votre voix me répond,
Sur moi vous vous penchez, et vous baisez au front
    La future communiante!...

S'il est déjà si doux ce céleste baiser,
Que sera donc celui que vous viendrez poser
    Sur mes lèvres brûlantes :
Alors que toute en pleurs, aux marches de l'autel,
J'irai chercher ma part de mon pain immortel,
    Avec mes compagnes tremblantes!...

Qu'ai-je vu?.. C'est bien lui, qui m'entr'ouvre ses bras,
Qui descend dans mon cœur!... Ah! que ne peut-on pas
    Quand on aime, comme il nous aime?
« Laissez venir à moi tous ces petits enfants. »
Oh! mon Dieu, me voici : sur mon front de douze ans,
    Posez enfin le diadème.

Hélas! nul n'a songé peut-être encor à moi!
Tout le monde me fuit, je ne sais pas pourquoi,
    Comme si j'étais étrangère ;

D'autres des plus doux noms s'entendent appeler,
D'autres dans un autre œil ont vu le leur briller,
    Moi seule, je n'ai pas de mère !

Je voudrais bien pourtant avoir, comme mes sœurs,
Pour aller à l'autel, la couronne de fleurs
    Et la blanche robe des anges :
Mais Bethléem, Seigneur, était bien pauvre aussi :
Et c'est pourtant le lieu que vous avez choisi
    Pour y naître, entouré de langes :

Non, les fleurs ne sont rien... la plus belle à vos yeux
N'est pas l'enfant dont l'or couronne les cheveux,
    Et qui porte au front l'immortelle ;
Le temple le plus beau, c'est le cœur le plus pur !
Pour refléter du ciel la lumière et l'azur,
    Que faut-il ?... une âme fidèle !...

II.

LE GRAND JOUR OU LA PREMIÈRE COMMUNION.

> *Si quis sitit, veniat ad me*
> *et bibat omnia parata.*
>
> (JOAN. VII.)

Tout se réveille,
L'aube vermeille,

L'oiseau, l'abeille,
L'airain pieux :
A sa cantate
Qui roule, éclate,
Tout se dilate,
Les cœurs, les cieux :

Dans la chapelle,
Où nous appelle
La voix nouvelle
Du carillon,
La nef déploie
L'or et la soie ;
L'encens ondoie
En tourbillon.

Et sur le trône,
Où Dieu se donne,
Comme une aumône,
Tout à chacun,
Lampe allumée,
Cire embaumée,
Blanche fumée,
Flots de parfum ;

Festons, calice,
Jeune milice,

Faisant l'office
De séraphin ;
Pieux cantique,
Voix et musique,
Concert mystique,
Tout est divin ! ! !

Mais si tout brille,
Si tout scintille,
Voile, mantille,
OEil plein d'amour,
C'est que l'aurore,
Qui vient d'éclore
Ramène et dore
Le plus beau jour :

C'est que l'enfance,
Fleur d'innocence,
Vers Dieu s'élance
Pour l'embrasser ;
C'est qu'à cette heure,
Jésus effleure
L'enfant qui pleure
De son baiser !...

Retirée en un coin de l'humble basilique,
Voyez-vous cette enfant, dont la tête angélique

N'a que ses deux mains pour appui?...
Dans cette foule, hélas! qui se presse attendrie,
Personne ne vous dit : « C'est ma fille qui prie,
    » Oh! comme elle est belle aujourd'hui! »

Moi, je la reconnais à sa pause divine,...
C'est l'enfant qui veillait, c'est la jeune orpheline
    Qui recommence, ou qui poursuit,
Avec le Dieu qui va bientôt la rendre heureuse,
L'hymne aux pieux accents, sa complainte amoureuse,
    Son doux colloque de la nuit!...

Elle ne parle pas la langue de la terre;
Elle a sa langue à part; elle sait le mystère
    De tous ces mots, venus des cieux!
Et son Dieu la comprend, soit lorsqu'elle soupire,
Soit lorsqu'elle se tait, soit lorsqu'un doux sourire
    Se mêle aux pleurs de ses beaux yeux.

Voyez-la, relevant sa paupière modeste :
Elle adresse de loin, avec son air céleste,
    Au tabernacle un long regard;
Quel cœur parla jamais un langage plus tendre?
Comme ce pauvre cœur, palpitant à se fendre,
    Reproche à Dieu de venir tard!...

Non, ni les flots d'encens dont la chapelle est pleine,
Ni le baume odorant qu'épancha Madelaine

Sur les pieds de son Rédempteur,
Rien ne vaut le suave et précieux dictame
Qui coule de son sein : l'ange de sa belle âme
    Devient son ange adorateur :

Invisible témoin, qui la garde et l'écoute,
Recueille ses soupirs, ses larmes, goûtte à goutte,
    Dans l'urne des parfums du ciel :
Ou bien suspends ces pleurs, comme des pierreries,
Aux coupes de vermeil, aux riches broderies
    Du tabernacle et de l'autel...

Mais d'où vient que son corps frissonne?... qu'un nuage
Est venu tout à coup assombrir son visage?...
    Qu'a-t-elle vu dans son passé?...
A quelques noirs remords son cœur est-il en proie?...
Aux remords!... Et quand donc, enfant, dans notre voie,
    Ton chaste pied s'est-il posé?...

Elle tremble, rougit, s'humilie et s'incline,
Comme si Dieu pouvait repousser l'orpheline,
    Quand elle est ange par le cœur :
C'est l'heure d'avancer... Elle hésite et recule,
Comme si sa poitrine et son âme qui brûle
    Était indigne du Sauveur;

Comme si les flots purs de la piscine sainte
N'avaient pas effacé jusqu'à la moindre empreinte

De l'humaine fragilité ;
Comme si l'habit blanc du jour de son baptême
N'avait pas retrouvé dans le sang de Dieu même
     Sa splendeur et sa pureté !...

Pourtant, au saint parvis, la voix du prêtre appelle :
« Tout est prêt, approchez ; venez, enfants, dit-elle,
     » Dieu veut se donner tout à tous :
» Voici l'agneau du ciel, voici le pain de vie,
» Approchez ; de sa part, enfants, je vous convie
     » Aux noces du divin époux. »

Et la vierge, à la fin, a compris sa parole,
Elle ne marche plus ! elle court, elle vole,
     Dans les bras de son bien-aimé :
Comme un rayon du jour qui tombe sur la rose,
Ainsi le Rédempteur sur ses lèvres se pose,
     Et le mystère est consommé !...

III.

L'ACTION DE GRACE.

> *Fulcite me floribus, stipate me*
> *malis, quia amore langueo.*
> (C. C.)

Suis-je encore au monde ?...
Quels flots ! quel torrent !

Quel bonheur m'inonde?
Mon cœur surabonde
D'un baume enivrant.

Il vient, il m'embrase!
O Dieu! quels transports!
Quelle douce extase!...
Je suis comme un vase
Empli jusqu'aux bords!

Qu'envier à l'ange,
A la terre, au ciel?...
Le pain que je mange,
C'est Dieu qui se change
En rayon de miel;

C'est le lis qu'arrose
L'aurore au matin,
La fleur que l'on pose,
Fraîchement éclose,
Blanche sur son sein!

Puisque Dieu se donne
Tout entier à moi,
Jésus, ma couronne,
Moi, je m'abandonne,
Tout entière à toi!

Sur l'âme flétrie
Reste tout le jour
Et toute la vie,
O fleur de Marie,
Fruit d'un chaste amour!

Silence! oh! de grâce,
Ne réveillez pas
L'époux que j'embrasse :
Comme il vous efface,
Beautés d'ici-bas!...

Mais quoi! plus je serre
Cet hôte enchanteur,
Plus l'air de la terre,
Souffle délétère,
Est lourd à mon cœur.

Ma vie est la sienne,
Mon sang est son sang,
Et la douce haleine,
Dont mon âme est pleine,
C'est encor la tienne,
Dieu bon! Dieu puissant!

Oui, ces voix chantantes
Que j'entends en moi,

Ces voix murmurantes,
Ces notes parlantes,
Ces larmes brûlantes,
Je le sais, c'est toi!

Pas tant de largesse,
De soins empressés!
Trève de tendresse,
Trève de caresse,
Je languis d'ivresse;
Mon Dieu! c'est assez!

Assez!... S'il te reste
Quelque chose encor
De ce nard céleste,
Ah! garde le reste
Du divin trésor!

Garde ton sourire,
Pour des jours meilleurs!
Je n'y puis suffire :
Je tombe en délire,
Je languis, je meurs!...

Non, je n'espérais pas que Dieu fût si bon père,
Et qu'un enfant,
Pauvre, inconnu de tous, délaissé sur la terre,
Devînt si grand!...

Moi, j'avais toujours cru, seule et n'ayant à prendre
            Jamais de miel,
Que, pour se laisser voir, Dieu nous disait d'attendre
            Les jours du ciel!!

Ah! mille jours coulés sous des tentes de soie
            Sont moins qu'un jour,
Moins qu'une heure, passée en délirante joie,
            Dans ce séjour!...

Pour mettre leurs petits à l'abri de l'orage,
            Des traits cruels,
Les oiseaux chercheront le désert et l'ombrage;
            Moi, vos autels!

Ange, au regard d'azur, dont je vois l'aile blanche
            Se déployer,
Mon cœur, trop lourd pour moi, sur celle qui se penche
            Veut s'appuyer!

Tu m'aidas à souffrir, quand j'étais malheureuse,
            Toi le plus fort :
Tu devrais, aujourd'hui que je suis trop heureuse,
            M'aider encor!

Vous autres, anges saints, perdus dans son essence,
            Vous savez mieux,

Sans trembler et mourir, soutenir sa présence,
        Ses traits, ses yeux !

Vous, vous pouvez chanter, dans le céleste empire,
        Son nom si doux ;
Moi, je ne puis parler, et j'aurais tant à dire,
        Moi, comme vous !...

Pour le remercier de votre jour sans ombre,
        Sur le Thabor,
Vous, vous avez des chœurs, des encensoirs sans nom-
        Des harpes d'or !...   [bre,

Moi, je n'ai rien, Seigneur ! et quand même la terre
        Unirait sa voix à ma voix,
Quand même du parvis chaque écho, chaque pierre
        Ici chanterait à la fois ;

Quand même chaque fibre en mon cœur qui palpite
        Dirait son cantique d'amour,
Je ne pourrais, Seigneur, vous payer de retour,
        Payer votre aimable visite !

Vous êtes riche, et je suis près de vous :
        Écoutez ma voix suppliante ;
Je vous implore, ô bon maître, à genoux,
        Comme une pauvre mendiante :

Accordez donc à tout petit enfant
De trouver sur le seuil de cette vie amère,
Ce que vous refusez à d'autres en naissant,
Des bras pour le bercer, oui, gardez-lui sa mère !

Pour l'orpheline, l'orphelin,
Et les passereaux de la plaine,
Laissez tomber, quand ils ont faim.
Le pain dont votre main est pleine.

Quand ils ont froid, et quand l'hiver
Ferme aux pauvres toute demeure,
Sous leur toit de chaume entr'ouvert,
Gardez-les bien : qu'aucun ne meure !!
Dites au riche de donner,
Pour que le Seigneur le lui rende ;
Et qu'il nous laisse au moins glaner
Les épis oubliés, sans qu'on les lui demande !

Et puis, souvenez-vous, Seigneur,
De tous ceux qui sont sans patrie,
De tant de brebis sans pasteur,
De l'aveugle, du voyageur,
Pour lesquels personne ne prie ;
De celui qui se sent flétrir
Par le contact d'un souffle immonde,
Des morts que le plus pauvre encor peut secourir,

De ces autres pour qui la tombe va s'ouvrir,
    De tous les malheureux du monde!...

L'innocence, mon Dieu, l'innocence, voilà
    Ce que pour ma part je réclame;
Contre tout ce qui brûle ou flétrit, gardez-la
Cette virginité de mon corps, de mon âme.

    Oh! oui; de grâce, si jamais
Je devais des méchants suivre la voix, l'exemple,
Arrêtez-moi, Seigneur, sur le seuil de ce temple,
Que ma langue aujourd'hui s'attache à mon palais!...

IV.

Maître, j'ai fait un rêve (il faut bien vous le dire),
Rêve que je caresse et qui me fait sourire,
    Tant il est pour moi plein d'attraits!...
Ah!... J'ai rêvé qu'après cette communion sainte,
De votre sang divin la langue encore teinte,
    Vous m'appelant, moi, je mourais;

Comme fit ce vieillard, au front blanc, vénérable,
Qui, pressant dans ses bras votre enfance adorable,
    Sourit et dormit dans la mort;
Comme tant d'autres saints, lis parmi les épines,

Qui moururent, portant dans leurs chastes poitrines
    Votre doux nom en lettres d'or;

Et je rêvais encor que des ailes dorées,
Par des sentiers d'azur, des routes ignorées,
    M'emportaient dans vos bras,
Et que mon œil voyait ce pays de merveilles,
Où tout est charme au cœur, à l'esprit, aux oreilles,
    Et que l'homme ne comprend pas :

Pourquoi n'est-ce qu'un songe, une trompeuse image?
Tant d'autres qui s'en vont et qui n'ont pas mon âge,
    Pourquoi ne pas mourir aussi?
Oh! quoiqu'on m'en ait dit, la mort est douce et belle;
Si la mort m'appelait, vite j'irais vers elle,
    Et je lui dirais : Me voici!

Car ne laisser au monde aucune âme qui pleure,
Aucun vide au foyer, mais, au ciel, à toute heure,
    Contempler son Dieu, s'en nourrir;
Continuer là-haut ce festin de la terre,
Être toujours assise à côté de sa mère,
    Est-ce, après tout, mon Dieu, mourir?

Ah! que je meure ainsi, quand je suis pure encore,
Quand j'ai pour m'envoler les souffles de l'aurore,
    Quand je suis innocence et fleur :

Demain, peut-être, hélas! s'élèvera l'orage!
Qui sait si la colombe, après un long voyage,
   Aura sa première blancheur?

v.

Ainsi montait vers Dieu son âme harmonieuse...
Et, quelques jours après, la cloche si joyeuse
Avait perdu ses chants, la voix de ses ébats;
Et, dans l'enfoncement de la sombre chapelle,
A la pâle lueur des flambeaux du trépas,
On aperçut un prêtre... un cercueil... c'était elle,
L'exil était fini : son âme était trop belle
   Pour rester longtemps ici-bas!

PAPILLON NOCTURNE ET DIURNE.

   Chère petite créature,
   O joli papillon du soir,
   Éloigne-toi, je t'en conjure;
   Cette flamme riante et pure
   Ne luit que pour te décevoir,

   De tes capricieuses ailes,

Arrête l'imprudent essor :
Hélas! Dieu qui les fit si belles,
Les fit aussi beaucoup trop frêles,
Pour se jouer avec la mort!

A tes dépens bientôt, sans doute,
Tu sauras ce qu'est le plaisir :
Tiens... C'en est fait!... Vois ce qu'il coûte,
Tu ne peux achever ta route,
Né ce matin, il faut mourir.

Mourir!... Et tu pouvais encore,
En m'écoutant, par les vergers
Revoir plus d'une fois l'aurore,
Et, sur les fleurs qui vont éclore,
Trouver des plaisirs sans dangers!...

Un autre vient!... Je t'en conjure,
Ne va pas, comme lui, mourir!
Pauvre petite créature,
Que de ton frère l'aventure
T'apprenne au moins à fuir, à fuir!

Vœux insensés!... Vaines paroles!
Tu te ris, comme lui, de moi :
Papillon, tu voles, tu voles,
Près du tombeau tu batifoles...

Mais suis-je plus sage que toi?

Je n'écoute pas davantage,
Et j'ai des yeux pour ne pas voir,
Et tout le jour je suis l'image
Du petit papillon volage,
Du pauvre papillon du soir.

LE TARIN DE L'ÉCOLIER.

Que regrettes-tu dans ta cage,
Mon aimable et gentil tarin?
Qu'as-tu fait de ton gai ramage?
Es-tu malade?... Es-tu chagrin?...

Chagrin?... Un oiseau peut-il l'être
Par ce ciel pur, bleu, printanier?
Des chansonniers de ma fenêtre,
Tu veux donc chanter le dernier!

Mais pourtant ma main libérale
Te nourrit en enfant gâté!
Ta demeure est presque royale!
Que te faut-il?... — « La liberté! »

Pauvre petit!... Mais c'est l'orage,
C'est la faim aux longs jours d'hiver,
C'est la mort!... Reste dans ta cage,
Ce plaisir-là coûte trop cher!

De tes frères de nid, je gage,
Pas un seul vivant n'est resté!...
Ah! mieux vaut ici l'esclavage,
Pour toi, pour moi, jeune et volage,
Qu'ailleurs trop grande liberté.

Et puis seul, ami, que ferai-je?
Avec toi les moments sont courts :
Mais sans ta voix qui les abrège,
Que de la ville et du collége
Ils seraient longs les mois, les jours!...

LA PAUVRE VEUVE MALADE

A L'APÔTRE DE LA GUINÉE.

Tu le sais, je fus la première,
Qui t'aperçus venir au détour du grand bois;

La première, accourue au doux son de ta voix,
Mon père, à te quitter je serais la dernière,
Si Dieu m'avait laissé ma force d'autrefois.

En te voyant quitter nos palmiers que tu pleures,
D'autres de ton retour peuvent garder l'espoir;
Moi, qui n'ai plus à vivre ici que bien peu d'heures,
Puis-je croire au bonheur lointain de te revoir?...

Hélas! quand on est à mon âge,
Même à n'espérer plus, il faut se résigner :
Tu vas bien loin, dis-tu?... Pour un plus long voyage,
Quand moi je vais partir, devrais-tu t'éloigner?...

Peut-être que demain je quitterai la terre :
Tu ne seras plus là, pour soutenir mon front :
Mes fils, au moins, mes fils un jour te reverront,
Cet espoir console leur mère.

Aide-moi donc à bien souffrir;
Une dernière fois, donne-moi ton courage :
Encor si je pouvais, contemplant ton visage,
Sous tes yeux et tes pleurs, mourir!!...

Oui, sur le lac, aux grandes lames,
Les uns s'en vont ainsi, loin des autres poussés;
Tu nous l'as dit souvent! mais, errants, dispersés,
Nous nous retrouverons dans le pays des âmes.

A ton retour, je dormirai
Aux pamplemousses solitaires;
Ah! reviens, reviens vite aux lieux où je serai;
Mon corps dormira mieux, à côté de mes pères.

Ton ami, tu le sais, est là :
A-t-il à regretter les champs de la patrie?
Près de la sienne, la voilà,
Sous l'arbre, où si souvent son âme te parla,
La place que tu t'es choisie.

Ah! sois fidèle au rendez-vous,
Notre terre à tes os sera douce et légère;
Pars : et souviens-toi bien que la cendre d'un père
Appartient à ses fils, et que tes fils, c'est nous!

A UN JEUNE SERVANT DE MESSE.

I.

Tu vas donc, chaste enfant, pour la première fois,
Accompagner le prêtre à l'autel, à la croix,
Pour accomplir son œuvre immense :

Je vous vois, tous les deux, avancer à pas lents,
Lui, vieillard, couronné de quelques cheveux blancs,
    Toi, mon fils, de ton innocence.

Peut-être est-il, là-haut, plus d'un beau séraphin,
Plus d'un ange, jaloux de ton habit de lin
    Et de tes deux ailes de neige,
Qui laisserait le ciel et viendrait ici-bas
Accompagner aussi le prêtre, pas à pas,
    Heureux de lui faire cortége!

A genoux! mon enfant, dans ce lieu tout est saint,
C'est ici Bethléem, c'est ici le chemin
    Qui nous mène sur le Calvaire;
C'est ici que pour moi, c'est ici que pour tous,
Jésus va s'immoler!... A genoux! à genoux,
    Le cœur et le front contre terre!

Non, non, celui qui monte et qui prie à l'autel
N'a plus la voix d'un homme et le nom d'un mortel,
    Ce prêtre est Jésus-Christ lui-même;
Il se laisse servir par un petit enfant
Qu'il nourrira bientôt de sa chair, de son sang!
    Oh! vois, mon fils, comme il nous aime!

Et toi, n'aurais-tu pas, pour payer tant d'amour,
Sur les pieds du Sauveur à verser à ton tour

Quelques larmes reconnaissantes?
Il te connaît déjà, ne crains pas aujourd'hui
D'approcher de son cœur, d'élever jusqu'à lui
    Tes petites mains innocentes!

Ah! demande pour tous , pour ton frère, ta sœur,
Pour ton père, ta mère, afin que le Seigneur
    Leur donne paix, joie, espérance;
Prie aussi pour toi-même; hélas! si tu savais
Combien de jours amers, orageux et mauvais
    Suivent les beaux soleils d'enfance!!

II.

Dis-lui donc : « O mon Dieu, bénissez tous mes jours,
» Je les mets à vos pieds, quand commence le cours
    » De cette amère et frêle vie :
» A vos mains je confie, ô Seigneur, mon trésor;
» Je vous offre mon cœur sur la patène d'or,
    » Tout près de la divine hostie.

» S'il est vrai qu'ici-bas tout soit piège et péril,
» Si notre pied meurtri, tant que dure l'exil,
    » Sur l'épine ou la fange marche,
» Éloignez-moi toujours des sentiers du pécheur;
» A mon âme gardez sa première blancheur,
    » Comme à la colombe de l'arche.

» Entre le monde et moi, jetez un voile épais ;
» Loin, bien loin les méchants, pour que le mal jamais
        » Jusqu'à mes oreilles n'arrive !...
» D'une heureuse ignorance, oh ! prolongez les jours,
» Et mon âme toujours sera pure, toujours
        » Rayonnante, belle et naïve.

» Que jamais de mon front la subite rougeur
» Ne trahisse un remords, ver immonde et rongeur,
        » Habitant dans les plis de l'âme ;
» Si je devais commettre un seul péché mortel,
» J'aimerais mieux, Seigneur, aux pieds de cet autel,
        » De mes jours voir rompre la trame !

» Car qui sait les secrets, cachés dans votre sein ?
» N'auriez-vous pas peut-être, ô mon Dieu, le dessein
        » De faire de moi votre prêtre ?...
» Et quoi ! voudrais-je alors, avec un sang impur,
» Avec un corps souillé, mêler le sang si pur,
        » Le sang auguste de mon maître ! »

III.

Après avoir prié, prête l'oreille à Dieu :
Car il répond bientôt avec amour, pour peu
        Qu'une bouche enfantine appelle ;

Et sa voix est plus douce au cœur qui la comprend,
Que l'aloès, la myrrhe et le miel odorant,
    Qui des frais calices ruisselle.

Écoute : il te dira, dans ce saint entretien,
Comment il faut veiller, et comment se soutient
    Une fleur, un roseau fragile;
Par quelle route, il faut, mon pauvre ange, avancer,
Pour te conserver sage et pour ne pas briser
    En chemin ton vase d'argile...

Lève-toi, maintenant; car le prêtre finit :
Il a déjà versé, sur ton front qu'il bénit,
    La plus suave des rosées;
Garde bien tout le jour, dans le fond de ton cœur,
Comme on garde avec soin une douce liqueur,
    Le parfum des saintes pensées!

Et demain, cher enfant, tu reviendras encor
Puiser avec ton urne au céleste trésor :
    Car notre âme est un sol aride,
Qui ne verrait jamais rien germer de son sein,
Si Dieu n'y répandait de sa divine main,
    A chaque aurore, une eau limpide.

LE NOM DE MARIE.

Ave, Maria!

I.

Note que soupirent les anges,
Nom suave, mélodieux,
Pur rayon, tombé sur nos fanges,
Qui viens nous rappeler les cieux,
Nom de Marie, à mon ivresse,
Oh! mêlez, oui, mêlez encor
Votre harmonie enchanteresse,
Vibrez sur ma lyre qui dort.

Que de choses ce nom réveille!...
C'est la couronne d'Israël!...
C'est la fleur riante, vermeille,
Pendante aux rochers du Carmel;
C'est le cèdre, à la haute cîme,
Le palmier qui croît au désert,
Le cyprès, la tour de Solyme;
C'est Débora, Judith, Esther!...

Ainsi l'appelaient les prophètes :
Mais un nom, aux lèvres plus doux,

Plus puissant contre les tempêtes,
Du ciel est descendu pour nous :
Salut, salut, nom de Marie,
Devenu claire vision,
Écho du chant de la patrie,
Dans les montagnes de Sion!

II.

Parmi les noms que l'homme adore
Et qui font grand bruit, grand fracas,
Il en est que le pauvre ignore,
Ou qui le font pleurer tout bas :
Mais, dans les plus humbles chaumières,
Le nom de Marie est compris;
Le premier souffle de nos mères
Le fait germer dans nos esprits.

Il sourit à l'âme innocente,
Qui s'ouvre à la vie, à l'amour,
Et dont la bouche caressante
Cherche à le redire à son tour :
Il sourit à l'âme oppressée,
Quand vient l'agonie et la mort,
Et la langue froide, glacée,
Le murmure et savoure encor.

Grand, poétique, populaire,

Il est partout : quand l'océan,
Dans les accès de sa colère,
Mugit échevelé, béant,
N'est-ce pas lui qui rasserène
Le ciel, les flots impétueux ?
N'est-ce pas lui qui vous enchaîne,
Rois des mers, vents tumultueux ?

Sitôt que, sur l'onde écumante,
Ce nom divin est répété,
La nef, du sein de la tourmente,
Relève son mât attristé ;
Et soudain la vague houleuse,
Glissant à flots silencieux,
N'est plus qu'une écharpe onduleuse
Que colore un reflet des cieux.

Mêlez tous les doux noms ensemble :
Aurore, étoile du matin,
Vierge, rose, qui lui ressemble,
Reine, mère, beau Séraphin ;
Jamais ce gracieux mélange
N'égalera, nom adoré,
Nom, créé d'un souris d'archange,
Les grâces dont Dieu t'a paré.

Si mai suspend, à chaque branche,

Des parfums, de riants berceaux ;
Si de sa belle urne s'épanche
L'eau si pure de nos ruisseaux ;
Si tout au ciel, dans la prairie,
Revêt ses plus charmants atours,
C'est que votre nom, ô Marie,
De mai consacre tous les jours.

Je baise la page sacrée,
Où je lis ce céleste nom,
Je voudrais la voir entourée
D'une auréole, d'un feston ;
Je voudrais, ce nom!... à toute heure,
Le voir chanter à nos oiseaux,
Le trouver sur toute demeure,
Le trouver dans tous les échos.

Car, sans lui, pas de belle fête,
Pas de concert harmonieux !
Malheur, malheur à toi, poète,
Si ce doux nom, charme des cieux,
Ne te fait tressaillir, sourire !
Oui, frère, je plains ton malheur !
Une corde manque à ta lyre,
Une fibre manque à ton cœur!...

LA POLOGNE.

> Aujourd'hui Varsovie entière, calme et
> résignée, était réunie sur la grande
> place pour assister au supplice des deux
> nouvelles victimes désignées à l'auto-
> rité par l'autocrate du nord : au mo-
> ment où les martyrs ont été élevés au
> gibet, tout le peuple s'est jeté à ge-
> noux, et, après avoir prié, s'est é-
> coulé silencieux.
>
> *(Extrait d'un journal.)*

Non, tu n'éteindras pas la nation des braves,
Vil tyran, qui voudrais sur des têtes d'esclaves
    Asseoir ton trône impérial ;
Elle n'est pas encor à tes pieds abattue,
Elle n'a pas encor adoré ta statue,
    Dans le temple de Bélial.

Tu peux, dans les déserts glacés de Sibérie,
Exiler par milliers des droits de la patrie
    Les héroïques défenseurs :
Une race plus forte est déjà près d'éclore
Du sang ensemencé, pour protester encore
    Contre tes projets oppresseurs.

Quel spectacle!!... As-tu vu la grande cité veuve,
Varsovie, à pas lents, et courbant sous l'épreuve
    Son noble front humilié,
De ses derniers martyrs suivre les funérailles
Et tomber à genoux pour que dans tes entrailles
    Dieu fasse germer la pitié!

Brise, brise les corps, réduis-les en poussière;
Mais tu ne pourras pas enchaîner la prière
    Qui monte des lèvres aux cieux;
Et la prière court amasser des tempêtes
Qui renversent d'un coup les plus sublimes têtes
    Et le piédestal des faux dieux.

Non, tant que la Pologne, à son culte fidèle,
Aura ses preux-martyrs, je ne crains pas pour elle,
    Son beau nom ne périra pas :
Dieu sortant des secrets de sa longue justice,
Dieu viendra couronner son sanglant sacrifice;
    Je ne crains que les apostats.

Des apostats, grand Dieu! mais si jamais des traîtres
Sacrifiaient le Christ et reniaient ses prêtres,
    Ne sont-ils pas déjà flétris?...
Oui, les jetant au bord comme une écume immonde,
Leur pays leur dirait, à la face du monde :
    Allez, vous n'êtes pas mes fils!

Car mes fils ont le cœur de cette vieille race
Qui, devant les Césars, gardait sa sainte audace,
    Et ne demandait qu'à souffrir;
Ils ne comptent pour rien les coups ni les blessures;
Quand ils ne peuvent vaincre, ils bravent les tortures,
    Il savent attendre et mourir.

Et c'est pourquoi vos noms, aux pays catholiques,
Tirent de tous les yeux des larmes sympathiques,
    Chers et malheureux Polonais;
Et nos larmes auront l'appui de notre lance,
Si les temps sont meilleurs, et si ce sol de France
    Porte toujours des cœurs français.

Courage, donc, courage, ô Polonais! nos frères,
Vivez, mourez toujours dans la foi de vos pères,
    C'est là votre plus sûr rempart;
Vous n'êtes pas les seuls à lutter dans l'arène,
L'Irlande, votre sœur, cette fille de reine,
    Vous encourage du regard.

Vous aurez votre part des libertés conquises,
Vous garderez l'autel et vos saintes franchises;
    Malgré les tyrans et les rois,
Le siècle a réprouvé toutes les tyrannies,
Nos mœurs ne veulent plus d'indignes gémonies,
    Mais la paix au pied de la croix.

L'autocrate du nord, dans son orgueil suprême
Si longtemps obstiné, comprend enfin lui-même
        Qu'il est assis sur un volcan,
Et, suivant d'Attila jusques au bout la trace,
Nous l'avons vu naguère humilier sa face
        Sur les marches du Vatican...

Que s'est-il passé là?... Le vieillard[1] au despote,
A cette heure, dit-on, parlait, la tête haute,
        Et de larges pleurs dans les yeux :
« Prince, j'irai bientôt devant Dieu comparaître,
» Tous nos jours sont comptés!... Que répondrai-je au
        » S'il faut répondre pour nous deux?» [maître,

Et le czar se taisait pâle et plein d'épouvante :
Devant lui se dressait la Pologne sanglante,
        Laissée en proie à ses vautours;
Il tremblait sous le poids d'une vertu céleste,
Ses traits s'amollissaient... Le temps dira le reste;
        Polonais, espérez toujours!...

[1] Grégoire XVI, de glorieuse et sainte mémoire.

L'HEUREUX VIEILLARD.

A UN CONDISCIPLE, AMI DES FLEURS ET DE LA BOTANIQUE.

INVITATION [1].

I.

Je t'ai vu bien des fois, Louis, pour une rose,
Au rocher buissonneux pendante et demi-close,
Sourire de bonheur, palpiter de plaisir ;
Et, durant les instants de notre heureux loisir,
Ce n'est plus le perdreau, ni le mûrier rapide,
Que tu veux enlacer dans un réseau perfide ;
Mais, quand de tes amis l'essaim peu matinal
Goûtera le sommeil au joli toit natal,
Touriste aventureux, sur le bord des fontaines,
Sur le bord des torrents, dans les immenses plaines,

[1] L'heureux vieillard qui fait le sujet de cette pièce est M. Crespy, également connu par ses qualités aimables et par son goût pour les fleurs. M. Crespy est depuis longtemps un des membres les plus distingués et les plus actifs de la Société d'Horticulture. Plusieurs fois il a obtenu des distinctions honorables à l'exposition des fleurs, à Bordeaux.

Tu veux herboriser. — Écoute, tu pourrais
Enrichir ton herbier, Louis, à moins de frais.

II.

Je connais un vieillard ; beaucoup d'autres peut-être
Le connaissent aussi ; car le ciel le fit naître,
Simple, d'un cœur aimant, d'un facile entretien,
Ayant assez encor pour faire un peu de bien,
Peut-être pas assez pour exciter l'envie :
A le voir avec moi, Louis, je te convie :
Le chemin n'est pas long. — Il est, près de Bordeaux,
Une maison riante, entre deux verts rideaux,
Tout brodés, au printemps, de belles roses blanches :
En face une charmille, où sur toutes les branches
Soupire quelque brise ou quelque voix d'oiseau ;
Et, pour te compléter cet agreste tableau,
Une oasis en fleurs de l'une à l'autre mène.

C'est là que le vieillard habite et se promène ;
C'est là son univers, et le frais Tivoli
Où, pour vivre et mourir, il s'est enseveli.
Qui dirait la gaîté du vieil anachorète,
Quand un ami des champs visite sa retraite ?
Au moindre bruit de pas qu'il entend sur le seuil,
Il accourt, et lui fait le plus charmant accueil :
De Jussieu, de Linné, disciple encor fidèle,

A peine est-on chez lui, que, pour toute nouvelle,
Il vous parle de fleurs, ses plaisirs, ses amours;
De fleurs, rien que de fleurs, il y revient toujours.
Notre monde n'est plus le monde de son âme,
Un autre moins bruyant, à présent, le réclame;
Il ne vit désormais que dans ses dalhias,
Ses œilléts, ses jasmins, ses blancs magnolias;
Et jamais il ne laisse égarer sa pensée
Au-delà du taillis qui clôt son Élysée.
Nous avons lu tous deux, les yeux mouillés de pleurs.
L'histoire du captif qui, ne trouvant ailleurs
Que tristesse et dégoût, avait, à Fenestrelle,
Concentré tout son cœur sur la fleur la plus frêle :
Nuit et jour il rêvait de sa picciola,
Picciola partout! — Eh bien! Louis, voilà,
Voilà l'heureux vieillard qui, par ma voix, t'invite
A lui faire demain ta première visite.
Moi-même, en le quittant hier, je lui promis
Que tu serais bientôt de ses nombreux amis :
Il sait déjà ton goût pour la belle nature,
Ton amour pour ces champs dont la verte parure,
Les aspects variés, les tableaux gracieux,
Enivrent tant le cœur et charment tant les yeux,
Surtout après dix mois d'étude et de silence;
L'oiseau, vif et léger, avec bonheur s'élance
Aux arbres, à l'air pur, quand, laissant sa prison,
Il trouve à ses ébats un plus vaste horizon,

12*

L'ermite le comprend! — Les fleurs de botanique
Valent bien, après tout, nos fleurs de rhétorique :
Oui, j'ose l'affirmèr, si le souris de Dieu
Se révèle aux cœurs purs à toute heure, en tout lieu;
C'est par elles surtout! — Pas de douce parole
Qui ressemble au parfum tombé d'une corolle;
Et le livre, de tous le plus cher à nos yeux,
C'est un parterre en fleurs : le cœur le comprend mieux.

Cependant, s'il renferme encor quelque mystère,
Nous pourrons consulter l'aimable solitaire;
Presqu'aveugle, il saura nous montrer le chemin;
Ses fleurs, il les distingue, il les voit de la main;
On dirait qu'à l'envi l'iris, la renoncule
Se nomment aussitôt qu'il sort de sa cellule.
S'il s'égare, un parfum des rosiers échappé,
Au-devant de lui vient, lui dit qu'il s'est trompé;
Et ce souffle embaumé, magnétique fluide,
Du matin jusqu'au soir, parmi ses fleurs le guide :
D'une feuille naissante en touchant le contour,
Du jour ou de la nuit il dirait le retour.
Pour horloge des fleurs, et des fleurs pour boussole;
Quel destin! — Il faut bien qu'elles soient son idole!
Aussi les entend-il pousser sous le gazon :
L'heure de leur lever et de leur floraison,
Il sait tout. — « Aujourd'hui, celle-ci doit éclore,
» Celle-là paraîtra demain avec l'aurore;

» A Talence déjà Notre-Dame l'attend : —
» Je viens de l'arroser ! — Que je serais content
» Si, guidé par le fils qui me sert d'Antigone,
» Je pouvais l'ajouter à sa belle couronne !...
» Cette autre, là tout près, l'entendez-vous germer ?
» Hélas ! à des enfants je n'ose la nommer ;
» Ils ne comprendraient pas !... Seule, bientôt peut-être,
» Elle doit à la tombe accompagner son maître :
» Fleur des morts, peu de monde a souci de l'avoir ;
» Et moi, vieillard, j'aurais quelque joie à la voir !...
» Près d'elle, c'est le lis, aux couleurs nuancées ;
» Allons un peu plus loin : admirez mes pensées !...
» Dieu lui-même, tout grand et tout puissant qu'il est,
» Pourrait-il rien créer, enfants, de plus parfait ?
» De tous nos muséums les plus fraîches peintures
» Pâlissent, n'est-ce pas, devant ces miniatures ?
» Que de variétés ! — Quel brillant coloris !
» Elles voulaient, je crois, avoir encor le prix,
» Et l'auraient obtenu, comme leurs sœurs aînées,
» Qui furent, l'an passé, par Bordeaux couronnées,
» Si mes yeux à mes pas »... Heureuse cécité
Qui ne lui laisse voir que son monde enchanté !!

Élève de Nestor et non de Pythagore,
Il ne tarira pas de bien longtemps encore ;
La jeunesse à ses yeux est un arbuste en fleur
Qui réclame, Louis, l'autre part de son cœur.

Il faudra visiter la serre où l'hirondelle
Abrite, tous les ans, sa famille nouvelle :
« Voyez ces orangers; enfants, passez ici;
» Sur cette mimosa, quel velours cramoisi!
» Mais de toutes mes fleurs voici la plus craintive
» Et la plus frêle aussi! — C'est l'humble sensitive,
» Emblème si touchant de la virginité :
» Elle en a la pudeur et la timidité!
» Elle tremble, elle a peur au moindre souffle immonde;
» Heureux qui craint ainsi les vents brûlants du monde!...
» Hélas! combien sont morts, qui vous ont ressemblé,
» Jeunes, beaux comme vous, pour n'avoir pas tremblé!!»
Bref, nous aurons, Louis, un cours de botanique
Toujours assaisonné du sel évangélique,
Et déchargé surtout de ce pompeux amas
De mots longs d'une toise, et que l'on n'entend pas.
Fatale invasion!... La science inhumaine
N'a pas même des fleurs respecté le domaine;
Le grec et le latin sur leurs noms trop communs
Sont venus, tour à tour, distiller leurs parfums,
Composés, comme on sait, de musc et d'ambroisie.

En dépit des savants, nous, d'Europe en Asie,
Nous papillonnerons : car, presque à chaque pas,
Nous trouverons des fleurs des plus lointains climats,
Tribus pour qui l'ermite a tant de prévenance
Qu'elles ont du pays perdu la souvenance :

Nous irons par l'Éden, comme aux jours fortunés,
Où nos premiers parents, de bluets couronnés,
Dans ces frêles beautés contemplant leur image,
Recherchaient les secrets de leur divin langage :
Nous saurons, nous aussi, pourquoi leur sein de miel
S'éloigne de la terre et regarde le ciel;
A leurs sommets pourquoi ces bouquets d'étamines;
A leurs boutons pourquoi ces bourrelets d'épines;
Et puis, comme, Louis, nous pourrions bien un jour
Avoir enclos, maison, et parterre à l'entour,
Des mystères de l'art, l'ermite de Talence
Aux ermites futurs fera la confidence :
Il nous dira comment il faut les cultiver,
Et quels sont les abris qui peuvent conserver,
Assez longtemps encor, leur jeunesse et leurs grâces!
—Péripatéticiens, nous suivrons donc ses traces,
Sans rien gâter, Louis, prêtant l'oreille à tout;
Notre volage instinct nous suit, hélas! partout,
Tu le l'ignores pas; — Quand on est à notre âge,
De mal faire, en tout lieu, c'est assez notre usage :
Aussi nous traite-t-on d'*engeance* sans pitié;
Pour lui, pour le vieillard, j'en suis presque effrayé.
Mais non, tu prouveras à ce bon Lafontaine
Que le siècle a grandi, que la nature humaine
N'est plus ce qu'elle était, peut-être au bon vieux temps,
Et que tous aujourd'hui sont hommes à quinze ans.
Non, rien ne souffrira, pas même un seul pétale;

Et, sans ternir l'éclat de sa robe d'opale,
Il suffira, Louis, d'ôter l'insecte impur
Qui s'attache à la fleur comme au cœur le plus pur.
Qui sait?... sur elle aussi peut-être un ange veille
Pour la garder sans tache et splendide et vermeille :
C'est lui faire plaisir que de la respecter,
Et la fouler aux pieds, ce serait attrister
Et l'ange et le vieillard. — Si dans quelque avenue
Ton œil rencontrait même une fleur abattue,
Ne l'en avertis pas. — Il souffre dans ses fleurs,
Et pour elles ses yeux auraient encor des pleurs.
Si tu voyais au ciel quelque sombre nuage,
Ne lui dis pas non plus : « Nous aurons de l'orage. »
Muet, pâle d'effroi, tu le verrais frémir,
Et, tremblant pour ses fleurs, il ne pourrait dormir.

L'autre nuit, ce seul trait te le fera connaître,
Le nord vint à souffler autour de sa fenêtre;
Eh bien! on vit alors tout l'ermitage en deuil.
En sursaut réveillé, le vieillard sur le seuil
Crut s'entendre appeler par des voix gémissantes;
Haletant, il accourt, et ses mains caressantes
Trouvent ce qui se plaint, et prêtent un appui
A ses fleurs qui tremblaient, mais non pas comme lui!
Il sait qu'elles surtout sont en butte aux tempêtes!!
Pourtant, à les cueillir pour nous ses mains sont prêtes;
Et je ne doute pas qu'en posant sur nos fronts

Quelques roses d'un jour, lorsque nous partirons,
Il ne dise : « Mes fils, adieu, bonne espérance;
» Que le Dieu de mes fleurs garde votre innocence!
» Mettez encor, mettez votre main dans ma main,
» Je vous dois un beau jour!... Mais revenez demain! «

III.

Et nous, pour couronner notre pèlerinage,
A quelques pas, Louis, du charmant ermitage,
Nous irons tous les deux nous prosterner encor
Dans la sainte chapelle où brûle l'urne d'or
Que nous offrions naguère à la reine des anges :
Blanche et pure, au-dessus de nos terrestres fanges,
Là, nous retrouverons sur un autre Carmel,
Au milieu de l'encens et des splendeurs du ciel,
L'étoile aux doux rayons, notre Mère chérie :
Peut-on quitter ces lieux sans visiter Marie?...
Si là tout est jardin de si suave odeur,
Qui ne sait qu'elle en est la plus divine fleur?

LE POÈTE.

A UN AMI.

I.

Ne m'appelle donc plus poète,
Car, ami, je ne le suis pas;
Sais-tu bien que c'est un prophète,
Une voix du ciel ici-bas?...

Sa tête est toujours entourée
D'une auréole, dit Platon;
Le poète est chose sacrée,
Et n'a de mortel que le nom.

Il est vrai, parmi nous il marche,
Dans notre air il vit, il se meut;
Mais c'est la colombe de l'arche;
Il prend des ailes, quand il veut.

Il chante, c'est là sa nature;
Le parfum doit bien s'exhaler;
Entre ses rives de verdure,
La Dordogne doit bien couler.

Il a des fleurs toujours écloses,
Pour nos banquets, pour nos desserts :
Le rosier, lui, porte des roses,
Le poète porte des vers.

Et cette plante solitaire
Fait toujours son travail sans bruit,
Comme Dieu qui, dans le mystère,
Fait germer tout ce qu'il produit.

II.

Du portrait que je viens de faire
Si je rapproche, ami, le tien,
La ressemblance est par trop claire ;
Mais qu'il est différent du mien !

Tantôt, bacchante échevelée,
Ma muse n'a pas de repos,
Et s'en va, d'allée en allée,
Épouvanter tous les moineaux.

Tantôt, en héron, je chemine
Le long des flots pensif, rêvant,
Et reviens, allongeant la mine,
Ventre affamé, tout comme avant.

Ne me nomme donc plus poète,
Tu ferais rire à mes dépens;
Je vais glanant quelque fleurette,
C'est le métier de tant de gens!

DÉJEUNER CHAMPÊTRE.

Au peyrat, à la maisonnette,
Qu'entourent quatre noisetiers,
Je t'ai promis, foi de poète,
De te régaler de mûriers :
Hâte-toi : le foyer pétille,
Le verre, le couvert scintille,
Près du vin blanc piquant et doux :
Les mûriers qui se font attendre
Ne peuvent manquer de se rendre ;
Je leur ai donné rendez-vous.

Sans doute, qu'une fois encore
Ils font leur toilette à l'aurore,
Pour se présenter devant nous :
Puisque les honneurs de la table
Sont laissés à leur troupe aimable,
Les mignons, consultant nos goûts,

Ne veulent, je vois, comparaître,
Par-devant les lares du maître
Que coquets, sémillants et roux !

LES ILLUSIONS DU JEUNE AGE.

A UN JEUNE AMI DU MONDE.

I.

Pourquoi ce long silence, Alfred?... Plus une lettre
Qui réponde à mes vers et me fasse connaître
Tes mécomptes cruels, tes regrets, ton retour ;
A l'appel de Pylade, Oreste est-il donc sourd ?
Écho, sous ses rochers, loin des yeux endormie,
A toujours à répondre une parole amie ;
Les feuilles aux zéphirs répondent dans les bois ;
Les oiseaux aux oiseaux ; serais-tu, seul, sans voix?...
Irais-tu donc briser la fraternelle trame,
Où nos âmes longtemps ne formèrent qu'une âme?
Après avoir quitté ton symbole, ton Dieu,
Voudrais-tu donc, Alfred, aussi me dire adieu ?
Ah!... Si mon amitié trop franche et trop sincère
T'a parlé quelquefois un langage sévère,

C'est qu'il m'est doux encor de penser que ton cœur
Peut d'un mot courageux comprendre la valeur ;
C'est que j'ai toujours cru que la main, qui nous blesse
Et nous montre du doigt une indigne faiblesse,
Vaut mieux que les baisers d'un vil adulateur,
Qui sur tous nos défauts jette un voile imposteur.

Telle est de l'amitié la sainte et noble tâche :
Elle ne prend jamais une attitude lâche :
Comprenant ses devoirs, sa haute mission,
Elle loue, elle exalte une belle action ;
Mais, s'enflammant aussi d'un légitime zèle,
Sans rien craindre, à l'honneur son regard nous rappelle :
Entre le mal et nous elle ose se placer,
Se jette sur l'écueil où nous allons briser,
Et là, d'une voix fière, elle tonne, elle crie ;
Ou bien dans sa détresse elle pleure, elle prie,
Quand, pour nous effrayer, ses cris sont impuissants.

Oui, voilà l'amitié telle que je la sens,
Telle que dans ton cœur je la retrouve encore ;
Autrement, cher Alfred, ce n'est qu'un nom sonore ;
Il faudrait ici-bas renverser son autel...

Pourtant, je dois le dire, imprudent et cruel,
Du roseau je n'ai pas ménagé la faiblesse ;
J'ai fait trop tôt gronder la foudre vengeresse,

Et, Bridaine hardi, par mes sombres tableaux,
J'ai sans doute ajouté le remords à tes maux.
Oui, j'aurais dû plutôt employer la prière,
De la lampe mourante abriter la lumière;
J'aurais dû, cher Alfred, épancher sur ton cœur,
Pieux Samaritain, les baumes du Sauveur,
Compâtir à ton sort, et, pour me faire entendre,
T'adresser dans mes vers un reproche plus tendre ;
Car ton cœur, né sensible, a besoin d'une voix
Qui lui parle avant tout du bonheur d'autrefois,
Des vallons où l'on dort près des sources divines,
Des chemins, d'où notre ange arrachait les épines,
De nos jeux innocents, du paisible séjour,
Où les mois et les ans passaient comme un beau jour !...

Que je voudrais te voir, entendre ta parole !...
Nous relirions tous deux la belle parabole,
Où Jésus nous rappelle, en son style divin,
Le prodigue affamé, tendant à tous la main ;
Nous lirions Ismaël au pied du sycomore,
Jacob pleurant Joseph, qu'il doit revoir encore;
Surtout le bon pasteur, rapportant sur son sein
La brebis retrouvée aux ronces du chemin !...

A ces pieux récits, dont la grâce, les charmes
De tes yeux autrefois faisaient tomber des larmes;
J'en joindrais, si j'osais, un autre... Mais pourquoi

Ne pas te l'envoyer, puisqu'il est fait pour toi?

II.

L'ENFANT D'OTAÏTI.

Quand, sur sa pirogue parée
De coquillages et de fleurs,
L'enfant d'Otaïti, pour quelque autre contrée,
Va quitter son pays et son île ignorée,
Croyant sous d'autres cieux trouver des jours meilleurs;
Quand la mer, en écharpe, à la proue odorante
Suspend ses flots capricieux;
Quand la voile aux zéphyrs ouvre ses plis soyeux,
Alors parents, amis, troupe morne et pleurante,
Fixant un long regard sur l'onde murmurante,
Lui tend les bras encor et lui fait ces adieux :
« Puisque rien, ni le toit où coula ton jeune âge,
» Ni la fraîche vallée où dorment les tombeaux,
» Ni notre ciel d'azur, dont les jours sont si beaux,
» Ne peut d'Otaïti t'attacher au rivage :

» Eh bien! pars, pauvre oiseau des mers,
» Que le grand Esprit te bénisse!
» Et qu'il dore, qu'il aplanisse,
» Pour toi, mon fils, les flots amers!...

» Si tu savais combien, rieuse en apparence,

» La grande mer, malgré ses murmures si doux,
» A dévoré d'esquifs bercés par l'espérance,
　　» Mon fils, au lieu de ta naissance,
　　» Tu voudrais mourir comme nous ! ! !

　　» Après ta course aventureuse,
» Crois-tu jamais trouver, si tu parviens là-bas,
» Une mère, une sœur, de ton bonheur heureuse,
» Et puis tous ces amis, dont la troupe nombreuse
» Accourut si souvent au seul bruit de tes pas ?

» Attends !... Depuis le jour de ton premier sourire,
» Nos blancs magnolias n'ont pas fleuri vingt fois ;
» Et, si jeune, tu vas partir, sans nous rien dire,
» Sans même regarder qui se plaint, qui soupire ;
» Tu ne nous aimes plus, cruel, comme autrefois ! !

» Mais le ramier aussi va d'une aile légère
» Chercher, chercher bien loin de plus heureux climats,
» Et, bientôt s'ennuyant à la plage étrangère,
» Il s'en revient au toit, où pleure encor son frère :
» Dis-nous, si, comme lui, du moins tu reviendras ?

» Autant de jours d'absence, autant pour nous d'alarmes,
» Autant de jours de deuil et de sombres ennuis ;
» Car nos cases, nos bois, nos aurores, nos nuits,
» Perdent, en te perdant, et leurs voix et leurs charmes !

» Aussi, ne chantant plus, le soir,
» Sous le palmier qui t'a vu naître,
» Rêvant toujours de toi, nous viendrons nous asseoir
» Sur ce bord, d'où nos yeux vont te voir disparaître,
 » Hélas! hélas! enfant, peut-être
» Pour ne plus t'embrasser, pour ne plus te revoir.

» Si c'était pour jamais, enfin, qu'il te souvienne
 » De nous le faire dire un jour;
» Car, si loin que tu sois, sans que rien nous retienne,
» Avec nos pères morts, partant à notre tour,
» Nous irons te porter notre baiser d'amour,
» Et mêler, loin d'ici, notre cendre à la tienne. »

On le pleure déjà, comme s'il était mort,
Et puis tout se sépare, et la foule plaintive,
Et la mère et l'enfant et la nef et la rive!...
 La voile a déjà pris l'essor!...

Puis, d'écueil en d'écueil, de rivage en rivage,
L'enfant poursuit toujours quelque riante image,
 Quelque étoile à l'éclat menteur;
 Et sa pirogue couronnée,
Sans atteindre jamais son île fortunée,
Laisse toujours tomber de son front quelque fleur;
Et seuls, ces vains débris de guirlande fanée,
Reviennent à la côte, où, d'année en année,

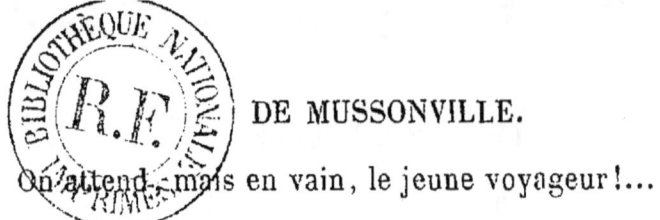

On attend, mais en vain, le jeune voyageur!...

III.

Cette mer, aux flots bleus, qui caresse la rive,
Dont le riant tableau, la fraîche perspective,
Nous fait voir tant d'îlots, brodés de pourpre et d'or;
Cette mer, dont la voix charmante nous endort,
Et qui promet à l'œil d'être toujours sereine,
Alfred, c'est bien le monde et sa voix de sirène!...
Et ce jeune imprudent, de roses couronné,
Qui vers une autre rive a le regard tourné,
Qui rêvant d'autres jours plus beaux que ceux d'enfance
Est parti, radieux d'ivresse et d'espérance,
Tandis que sur les bords tout pâlissait d'effroi;
Eh bien!... Ce pauvre enfant... je te l'ai dit... c'est toi!

A vingt ans! à vingt ans! que de belles gondoles,
Portant voiles d'azur, gais festons, banderolles,
Nous prennent au rivage, au bruit des chants d'adieux,
Et puis, s'abandonnant aux flots capricieux,
S'en vont à tous les vents effeuiller notre vie!...
D'abord tout est splendide!... Au gré de notre envie,
La mer n'a que caresse et que soupirs d'amour;
Ce n'est qu'illusions, qui chantent tour à tour
A la voile, à la proue, avec la brise et l'onde;
Mais sitôt que le ciel, sitôt que la mer gronde,

Plus de chants, tout se tait... le prestige s'enfuit !
A notre soleil d'or a succédé la nuit !...

Alfred, ai-je dit vrai? — Tu dois enfin connaître
Ce que vaut ce bonheur, que semblent nous promettre
Ces Édens enchantés qui brillent au lointain :
Ah ! si tu l'as compris, ne dis plus : A demain !...
Mais reviens, oh ! reviens, sans tarder, au rivage,
Où Monique, où Victor, l'ami de ton jeune âge,
Appellent de leurs vœux le retour d'Augustin !...

TOMBEAU DU JEUDI SAINT.

Venite, adoremus.

Enfants, cessez vos jeux : quoique, frais et limpide,
Avril vous rende l'heure et charmante et rapide,
    C'est jour de tristesse et de deuil :
Jésus est au tombeau... Vous devez me comprendre;
Quand un père n'est plus, ses enfants vont répandre
    Des vœux, des pleurs sur son cercueil!!

Ainsi donc, ayant fait ses adieux à la terre,

A cette heure, il venait d'expirer au Calvaire;
    Et de tant d'amis, resté seul,
Joseph d'Arimathie, en arrosant de larmes,
De myrrhe et d'aloès, son corps si plein de charmes,
    L'enveloppait d'un blanc linceul!!

Et la chapelle, aussi, n'a plus ses sonneries,
Ses candélabres d'or, ses riches broderies,
    Le tabernacle s'est voilé;
L'écho ne redit plus que les cris des prophètes;
Les vierges de Sion sont maintenant muettes,
    L'agneau sans tache est immolé!!

Suivons donc du Cédron la route désolée,
Tristes et recueillis, allons au mausolée,
    Où dort Jésus découronné :
Peut-être que la mort, pour nous inexorable,
Aura craint d'effacer de son front adorable
    Les grâces dont il fut orné!...

Venez : nous goûterons, dans ce jour funéraire,
Plus de bonheur encor que n'en donne la terre,
    Aux jours de fête et de plaisir :
Venez : Jésus aimait à caresser vos têtes;
Croyez-vous que ses mains ne soient pas encor prêtes,
    Petits enfants, à vous bénir?...

Quand il naquit pleurant, vous le savez, ses langes,

Sa crèche, son berceau furent entourés d'anges :
　　　Vous serez sa cour aujourd'hui ;
Vous serez du tombeau les phalanges célestes :
Vous tous enfants pieux, vous tous enfants modestes,
　　　Groupez-vous donc autour de lui.

Vous serez beaux à voir, dans l'obscure chapelle,
Près du sépulcre en fleurs, où mainte tourterelle
　　　Semble aux flots se désaltérer ;
Vous serez l'urne d'or où brûle le cinname :
L'encens qui monte à Dieu du fond d'une jeune âme,
　　　Est le plus doux à respirer.

Si vous étiez plus grands, prolongeant la prière,
Nous passerions la nuit à la douce lumière
　　　Des pâles flambeaux du trépas :
Car, durant cette nuit, vieillards, vierges et femmes,
Tous les cœurs pleins de foi, toutes les saintes âmes,
　　　On vous l'a dit, ne dorment pas.

Ivre d'amour, nageant dans une douce extase,
Votre cœur en priant deviendrait comme un vase
　　　Rempli de parfums jusqu'au bord :
Heureux, vous entendriez ce que dira Marie ;
Et là vous comprendriez que, pour l'âme qui prie,
　　　Le Calvaire, c'est le Thabor.

Mais demain, le grand jour, le grand anniversaire,

Où redouble le deuil au fond du sanctuaire;
   (Qu'ai-je besoin de l'ordonner?)
Le plus petit au moins sera grand, sera sage :
Demain, pour plaire à Dieu, les oiseaux, dans leur cage,
   Et les enfants devront jeûner.

En ce jour, autrefois, pieusement cruelle,
La mère au nouveau-né, pendant à la mamelle,
   Retranchait quelque peu de lait :
La vôtre le faisait, la mienne aussi peut-être.
Et le lait, leur amour l'avait cru reconnaître,
   Bientôt à flots plus purs coulait.

LA PREMIÈRE LARME DE L'ENFANT JESUS.

> *Evangelizo vobis gau-*
> *dium magnum.*
> (S. Luc.)

I.

Tout s'illumine dans la nue :
La joie éclate par les champs :
Les anges, à votre venue,

Font retentir de joyeux chants;

Et vous, cher enfant, vous le charme,
Vous l'amour, le rayon des cieux,
Seul, vous gémissez : à vos yeux,
Je vois déjà pendre une larme!...

Terre, terre, ne la bois pas!
Laisse-la moi, c'est la première
Que Jésus répand ici-bas :
Comme elle est belle à sa paupière!!!

Belle est la perle du matin,
Coulant des bords d'un frais calice;
Belle est cette larme qui glisse
Sur cette fleur d'un chaste sein!

Le vent n'ose souffler sur elle,
Le ciel se penche pour la voir :
Je vois prêt à la recevoir,
Un ange, à la douce prunelle.

Beau séraphin, éloignez-vous;
N'approchez pas tant de ses charmes :
Non, non, ne soyez pas jaloux!
C'est pour nous que coulent ces larmes.

Comme un dictame, sur mon cœur

Ah!... Permettez que je les place,
Pour en ranimer la fraîcheur,
Pour en fondre toute la glace!

II.

Est–ce la douleur ou l'amour,
Mon Jésus, qui vous les arrache?
Pauvre agneau, voyez-vous la hache
Qui doit vous immoler un jour?

Voyez-vous la longue agonie,
La sueur de Gethsémani;
Vous voyez-vous battu, honni,
Au pilori de l'infamie?

Ou triste, vous tendant les bras,
Voyez-vous votre pauvre mère,
Qui, seule, vous suit pas à pas
Et monte avec vous le Calvaire?

Non... C'est Bethléem!... Près de vous,
Pleine d'amertume, d'alarmes,
Elle aussi pleure à vos genoux,
En voyant vos premières larmes!

Reposez-vous, là, sur son sein;

Foyer d'amour qui brûle encore ;
Ne pleurez plus, enfant divin,
Elle apprendrait ce qu'elle ignore !

Pourquoi sitôt briser son cœur ?
Cachez-lui ce sombre mystère :
Hélas ! c'est bien trop de douleur
Pour elle, pour son cœur de mère,

Que de vous voir, Verbe éternel,
Vous qui venez sauver le monde,
Ne trouver dans tout Israël,
Pour naître, qu'une crèche immonde !

Et, pour dormir, qu'un froid recoin,
Au fond d'une grotte isolée,
Où vous n'avez d'autre témoin
Que le pâtre de la vallée !...

Voyez-vous comme un seul soupir
A fait pâlir son front céleste ?...
Enfant, vous la feriez mourir,
Si vous alliez dire le reste !

Ne lui parlez jamais de sang,
Ne lui parlez pas de Calvaire ;
Par un sourire caressant,

Consolez plutôt votre mère !

Et vous, grand Dieu, vous, dont la voix
Sur les pécheurs sans cesse gronde,
Grâce pour elle!... Otez la croix,
Une larme suffit au monde!!

LA NAPOLITAINE.

L'aïeule en pleurs disait : « Ma chère,
» Tu veux donc m'ôter mes amours,
» Tu veux donc hâter mes vieux jours?
» Vois à tes pieds ta pauvre mère!...

» Les gondoliers s'en vont chantants,
» Et la mer est riante et belle ;
» Mais ma fille le sera-t-elle,
» Le sera-t-elle bien longtemps?... »

Cependant la Napolitaine,
Mère aussi, mais folâtre et vaine,
Avec son jeune enfant, n'a pas craint de partir ;
L'oreille n'entend plus sa rame retentir,

Et déjà loin des bords, sur le flot qui l'entraîne,
De la mer d'Ischia joyeuse souveraine,
    Nonchalante, elle se promène,
Abandonnant sa tête et sa voile au zéphyr.

    A la gondole gracieuse,
    Le flot suspend sa frange d'or ;
    Et, voyant son enfant qui dort
    Sur ses genoux, la voyageuse
    Sourit, coquette, radieuse,
    Et s'éloigne toujours du bord.

    Elle chante : Naples, la belle,
    Que j'aime à contempler l'azur
    Et les feux dont ton ciel ruisselle ;
    Vogue, vogue, ma balancelle,
    Ciel et flot tout est calme et pur.

    Ischia, la perle des îles,
    Avec mon fils, je vais m'asseoir
    Sur tes rives fraîches, tranquilles,
    Et, sous tes orangers mobiles,
    Respirer les parfums du soir :

    Et puis sur la vague onduleuse,
    Enfant, nous reprendrons l'essor
    Vers Naples, la voluptueuse,

Et là, sur ta couche moelleuse,
Heureux, tu dormiras encor!

Soudain le chant sur ses lèvres expire :
   Les flots, hélas! ne dormaient plus!...
   On entend comme un bruit confus :
   C'est la tempête! — Elle soupire,
   Les beaux rêves sont disparus!

   Ischia, d'un nuage sombre,
   Voile ses gracieux contours;
   Partout la mort, et partout l'ombre :
   L'enfant pourtant dormait toujours :

Écoutez!... A l'heureuse et vive barcarole
   Ont succédé les pleurs et les sanglots;
La mère prend son fils, à ses lèvres le colle,
   Et longtemps sans voix, sans parole,
   Elle murmure enfin ces mots :

   « Pauvre enfant, c'est donc moi, cruelle,
   » Qui te donne aujourd'hui la mort!
   » Si tu pouvais comprendre encor
   » Mes terreurs, ma peine mortelle :

   » Mais dors, enfant, dors sans souci,
   » Flots menaçants, dormez aussi.

» Dans son cœur, il ne s'inquiète
» Ni du murmure affreux des vents,
» Ni des flots noirs et bondissants,
» Qui passent sur sa blonde tête :

» Dors, mon enfant, dors sans souci,
» Flots menaçants, dormez aussi. »

» Respectez ce front que j'embrasse :
» Sa belle enfance, ses malheurs,
» Et mes remords, et mes douleurs,
» Tout pour mon fils demande grâce :

» Dors, mon enfant, dors sans souci,
» Flots menaçants, dormez aussi.

» Toute ma force m'abandonne,
» O Dieu bon, ô Dieu tout-puissant,
» L'un de nous deux est innocent!
» A tous les deux, pour lui, pardonne :

» Dors, mon enfant, dors sans souci,
» Flots menaçants, dormez aussi.

» Mais la mer s'ouvre, elle dévore
» Le frêle esquif. — Adieu, mon fils!...
» Eh quoi! cher ange, tu souris,
» Entre mes bras tu dors encore :

» Dors, mon enfant, dors sans souci,
» Ta mère va dormir aussi!... »

Sur le rivage, on crie, on pleure,
On accourt, on leur tend les bras;
L'aïeule seule ne vient pas!
L'airain sacré sonnait sa dernière heure!

LES RUINES DE MA THÉBAÏDE.

Petit vallon, lieu solitaire,
Si riant encor l'an passé,
Quoi! des profanes ont osé
Troubler ta paix et ton mystère!...

Pauvre muse du troubadour,
Reconnais-tu ton sanctuaire?
Comme nous fuyons le grand jour,
Nous devrons maintenant nous taire.

Cruels!... Ils auraient dû pourtant
Respecter la sombre retraite,
Où je vivais heureux, content,

En humble et simple anachorète.

Où sont mes acacias si frais,
Ces obscurs sentiers, ce dédale,
Où si souvent je m'enivrais
Des parfums que le soir exhale?

L'homme a tout détruit : mes oiseaux
N'ont plus leur buisson blanc qui penche :
En vain, pour cacher leurs berceaux,
Cherchent-ils encore une branche !

Mon dernier saule est abattu,
Lui, qu'avait respecté l'orage !
Croit-on de mon Éden perdu,
Dans mon cœur effacer l'image?

Bâtissez tant qu'il vous plaira,
Entassez là, pierre sur pierre,
Renversez!... Tant qu'il restera
Un brin de mousse, un brin de lierre ;

Mon vallon des figuiers vivra
A jamais dans ma souvenance,
Et l'ami du barde saura
Ce qu'il fut en mes jours d'enfance.

Il saura que ces bords déserts,
Fermés à la foule indiscrète,
Étaient plus que tout l'univers
A mon jeune cœur de poète.

Et, comme un proscrit éploré
Qui trouve son bonheur suprême
A nous parler des lieux qu'il aime,
En promenant, je lui dirai :

« Là, c'était la grotte rustique,
» Temple de verdure et de fleurs,
» Et, moi seul, en des jours meilleurs,
» J'en pouvais franchir le portique.

» Priant, d'ici je pouvais voir
» Le bon ange de ma fontaine :
» Sur ce banc, je venais m'asseoir
» Avec Delille et Lafontaine.

» A peine si l'enfant cueillait
» (Et pourtant je le laissais faire)
» A ces vieux murs un simple œillet
» Crainte de gâter une pierre.

» Et puis c'était de douces voix,
» Gazouillant, chantant à toute heure;

» Avec elles plus d'une fois
» Je chantai : maintenant je pleure !

» Car, ami, regarde, voilà
» Les débris de ma Thébaïde !
» Oui, l'homme un jour passa par là,
» Et, depuis ce temps, tout est vide ! »

L'ANGE DE LA TOMBE.

> *Si iniquitates observaveris, Domine; Domine, quis sustinebit?*
>
> (Ps.)

I.

Il n'est plus ! et deux jours sont à peine passés,
Que déjà, comme lui, tous les cœurs sont glacés !
    Seul ici le cyprès le pleure :
Cependant ses amis, l'emportant dans leurs bras,
En longs habits de deuil, l'ont suivi pas à pas
    Jusqu'à la suprême demeure.

Sur la pierre, un vain nom qu'il portait autrefois,

Un arbuste fané, plus loin une humble croix,
    Et partout des feuilles d'automne,
Voilà tout ce qui reste... et déjà sous mes pieds
L'herbe renaît!... Les morts sont sitôt oubliés!
    Eh quoi! de tant d'amis personne!...

L'oubli, l'oubli partout!... Mais à travers la nuit,
Quelle est cette clarté?... J'entends comme le bruit
    D'une aile qui cherche à s'abattre ;
C'est son ange qui vient s'asseoir sur son tombeau ;
On dirait à le voir, tant il est pur et beau,
    Une statue, au front d'albâtre.

Que fait-il?... Il se plaint. — « Tu ne me croyais pas,
» Quand je te le disais... et pourtant ici-bas,
    » Voilà, voilà comment on aime :
» Mais quand tout est muet et quand ce tertre est froid,
» Je viens m'entretenir seul à seul avec toi :
    » Me reconnais-tu? c'est moi-même.

» Moi, l'invisible ami qui gardai ton berceau,
» Moi, qui portai toujours devant toi le flambeau,
    » Moi, ton compagnon de tout âge,
» Moi, qui te conduisis jusqu'ici par la main :
» Et puis-je te laisser ainsi sur le chemin,
    » Avant le terme du voyage?...

» Puis-je être heureux sans toi ?.. Sans toi comment chan-
» Les cantiques de fête, et seul comment goûter   [ter
      » Les saints baisers que Dieu nous donne ?
» Ah ! pardonnez, Seigneur, si jusque dans le ciel,
» Je ressemble parfois aux enfants d'Israël
      » Sur les fleuves de Babylone !

» Son nom, son souvenir me poursuivent partout :
» Oui, j'ai beau parcourir de l'un à l'autre bout
      » Ce temple où vous brillez sans voile :
» Mon frère n'est pas là ; je trouve tout désert ;
» Une note d'amour manque au divin concert ;
      » A mon ciel, il manque une étoile !

» Et si je parle encor, si je chante aujourd'hui,
» C'est encor pour prier, pour vous parler de lui,
      » De lui, cette âme de mon âme :
» Que me font les rayons dont je suis couronné,
» Si toujours pour celui que vous m'aviez donné,
      » Ma voix, Seigneur, en vain réclame.

» Mon Dieu, vous êtes bon ! pitié, pitié pour nous ;
» Pourquoi nous séparer, pourquoi poursuivez-vous
      » La feuille, roulant dans l'espace ?
» S'il n'était pas encor pour vous voir assez pur,
» Pourquoi déchiriez-vous sitôt le voile obscur
      » Qui lui dérobait votre face ?

» Car vous perdre et se voir loin de vous exilé,
» Quand on vous a, Seigneur, adoré, contemplé,
  » Mieux vaudrait la nuit sans aurore :
» Aussi, triste captif, il n'a plus de sommeil,
» Dans l'obscure prison, veuve du doux soleil,
  » Du soleil qu'il veut voir encore !

» A sa place, mon Dieu, que n'ai-je pu mourir !
» Pour lui, que n'ai-je pu, que ne puis-je souffrir,
  » Et me faire objet d'anathème !
» L'homme le peut — et l'ange, hélas ! ne le peut pas :
» Et pourtant quel bonheur pour moi-même, ici-bas,
  » De m'immoler pour ce que j'aime !

» Dans ta prison, du moins, j'irai te consoler,
» O pauvre âme ! à tes yeux, j'irai faire briller
  » Les doux rayons de l'espérance :
» Tu l'ignores peut-être, et pourtant, oui, c'est moi,
» Pour rafraîchir ton front, qui vole près de toi,
  » Qui viens endormir ta souffrance.

» Console-toi — le ciel, ce séjour tant aimé,
» Pour ne l'ouvrir jamais, Dieu ne l'a pas fermé :
  » Pour ton âme, là-haut tout prie :
» Comme elle entretenait de toi son divin fils,
» J'ai vu, j'ai vu naguère entreluire un souris
  » A travers les pleurs de Marie.

» Espérance !... O mon Dieu, laissez-vous désarmer :
» L'homme n'est que néant ! —Pourquoi donc le former
    » Avec le limon, la poussière ?
» Roseau, peut-il tenir toujours victorieux
» Contre l'assaut des vents qui fait tomber des cieux
    » Jusqu'à vos anges de lumière !

» Vers la boue et le mal, l'homme a tant de penchant,
» Et le corps est si lourd, le monde si méchant
    » Qu'il est besoin qu'on nous pardonne :
» Si vous voulez, Seigneur, tout peser, tout compter,
» Quel mortel osera jamais se présenter
    » Devant votre adorable trône ?

II.

» Et puis, parmi ses jours, il en est de si beaux !
» Parfois l'azur des cieux et le cristal des eaux
    » S'obscurcissent bien de nuages !
» Les vierges, les martyrs, les Paul, les Augustin,
» Dont mon oreille entend d'ici le chœur lointain,
    » Sont-ils arrivés sans naufrages ?

» Faible, il a fait le mal, mais il aima le bien ;
» Il ne rougit jamais de paraître chrétien,
    » Il vous suivit jusqu'au Calvaire :
» Honni pour votre nom, il marchait radieux :

» Grâce!... Envers lui soyez miséricordieux,
  » Il le fut, mon Dieu, sur la terre!

» Beaucoup vous le diraient! — Oublîrez-vous celui
» Qui du pauvre longtemps fut, comme Job, l'appui,
  » Pour qui le pauvre prie encore!
» Souvenez-vous du sang qui coula sur l'autel,
» Pour obtenir de vous le pardon solennel,
  » Ce pardon que ma bouche implore.

» Ah! de vous il a soif! témoin l'heure où sa voix
» Montait, Seigneur, vers vous pour la dernière fois,
  » En soupirs, en saintes pensées;
» Cette heure, où je le vis, pieux et résigné,
» Presser son crucifix de larmes tout baigné
  » Sur ses lèvres déjà glacées.

» Et moi, pour l'emporter dans les splendeurs des cieux,
» Sur mes ailes, alors triomphant et joyeux,
  » J'étais déjà prêt à le prendre :
» Mais vous, sans m'écouter, vous l'avez exilé!...
» Hélas!... Sur son tombeau, toujours agenouillé,
  » Il me faut pleurer et l'attendre! »

A LA SAINTE VIERGE.

Tota pulchra es, amica mea,
et macula non est in te.

J'aime, à travers la nuit sereine,
Le rayon de l'étoile d'or;
J'aime la lune, douce reine,
Dirigeant la barque incertaine
Du pêcheur qui revient au port;

J'aime les roses de l'aurore,
J'aime la neige du jasmin,
J'aime le lis qui vient d'éclore,
Qui se balance et que colore
Le premier souris du matin;

J'aime le blanc parfum qu'épanche
L'encensoir autour de l'autel,
Et la colombe, à l'aile blanche,
Qui sur l'azur des eaux se penche,
Prête à remonter vers le ciel :

Et tout ce que j'aime, ô ma mère!
Je le vois, je le trouve en vous,

Et la colombe solitaire,
Et l'astre, à la douce lumière,
Et la rose, à mon cœur si chère,
Et le lis, aux parfums si doux !

FLEURS D'ACACIA.

Fleurs d'acacia, qui par les airs roulez,
Et sur mon seuil tombez fanées ;
Vous donc, aussi, vous ressemblez
Aux fleurs de mon printemps, à mes jeunes années !

Ainsi que d'elles, oui, de vous
Le temps, ce vieil enfant, se joue ;
Il vous foule d'un pied jaloux,
Neige odorante, dans la boue :

Mais vous, sans regretter le printemps effacé,
Blanches fleurs, vous errez à terre :
Pour moi, chaque beau jour passé
Me laisse au fond du cœur une pensée amère !

Quand vous retombez sans couleur,
Vous embaumez les airs encore,

Et de mes ans, qui s'en vont fleur à fleur,
Aucun parfum ne s'évapore!...

LE RAMEAU BÉNIT.

Vert rameau, qu'a béni le prêtre,
Toi, que ma main à mon laurier cueillit,
Doux ami, je vais donc te mettre
A ce chevet, où tu dois être,
A côté de mon petit lit!

Palladium de ma demeure,
Tu seras là, pour m'ombrager;
Et, si quelque souci m'effleure,
Tu me rendras la nuit meilleure,
Le sommeil plus doux, plus léger.

Que ta fraîcheur se renouvelle,
Et me rappelle à tout instant
Cette autre auréole plus belle,
Qui couronne l'âme fidèle,
Et qui, là-haut, un jour m'attend.

Suis-moi, suis-moi jusqu'à la tombe;

LES

HIRONDELLES

DE MUSSONVILLE.

L'ouvrage paraîtra du mois d'avril au mois d'août de cette année, en 15 livraisons, chaque livraison de 24 pages.

PRIX DE LA LIVRAISON :

Pour les Souscripteurs.............. 25 c.
Pour les autres....................... 40

La dernière livraison contiendra une belle couverture imprimée, pour réunir le tout en volume.

12 - 13. e *LIVRAISON.*

BORDEAUX,

IMPRIMERIE ET LITHOGRAPHIE DE HENRY FAYE,

rue Sainte--Catherine, 139.

1849

Les lettres seront adressées au professeur d'histoire du Petit Séminaire de Bordeaux.

On est prié instamment de lui épargner tout frais.

Les Souscripteurs en dehors de Bordeaux ne devront pas s'attendre à recevoir exactement une livraison par semaine, à moins qu'il ne soit possible de la leur faire passer sans avoir recours à la poste. De leur côté, ils sont priés de profiter également d'une occasion favorable pour payer les livraisons reçues.

ON SOUSCRIT :

A BORDEAUX,

Chez Henry Faye, imprimeur ;

Chez le professeur d'histoire du Petit Séminaire de Bordeaux.

A LIBOURNE,

Chez M. l'abbé Beytau, aumônier du Collége.

A BAZAS,

Chez M. l'abbé Raymond, professeur de rhétorique du Collége.

A LA RÉOLE,

Chez M. Beynard.

A BLAYE,

Chez M. l'abbé de Noiret, économe du Séminaire.

AVIS.

L'auteur hésitait depuis longtemps à faire imprimer ces poésies; les encouragements de Mgr l'Archevêque de Bordeaux devaient mettre fin à ses incertitudes. Sa Grandeur n'a pas jugé indigne d'Elle d'approuver un ouvrage qui, quoique léger pour la forme, n'en est pas moins généralement religieux pour le fond.

Donner une idée de ce travail n'est pas chose facile : les fantaisies de la muse échappent à l'analyse. Qu'il suffise de dire que les objets les plus petits et les plus futiles sont devenus sujets de vers; et que ces sujets prennent presque partout une physionomie morale et chrétienne. Puisse-t-on éprouver, dans la lecture de ces pièces, le plaisir que l'auteur éprouvait en les composant!

Dût-il être accusé de témérité et d'illusion, il espère que les autres livraisons seront mieux remplies et mieux goûtées, et que l'ensemble de l'ouvrage tendra à rendre la vertu aimable et à prouver un peu que la religion sait embellir tout ce quelle touche, même les fleurs les plus communes.

Les gros volumes sont faits pour être lus dans le cabinet : celui que l'on publie voudrait être lu par distraction au milieu des champs. Voilà pourquoi on a choisi le format in-12, format plus commode et plus portatif. Au reste, il y a tant de petits vers dans ces pièces, qu'en faisant imprimer avec le luxe du jour, on eût exposé les souscripteurs à recevoir beaucoup trop de papier blanc et de feuillets vides.

N. B. On joint ici une liste bien incomplète des sujets divers qui sont traités. Par là, les souscripteurs pourront avoir une légère idée de ces *Distractions poétiques*, et comprendre que l'ouvrage est fait et non à faire : par le temps qui court, un auteur consciencieux a besoin de le dire.

SUJETS TRAITÉS.

La matinée du poëte. — Le passager de la providence. — A la vierge de Mussonville. — Le petit châtelain malheureux. — Fleurs d'amandier. — Le rossignol de l'ermite. — Les passions ou Jérome au désert. — Plaisirs d'enfance. — Mois de Marie. — Les deux écureuils. — Le père Célestin. — Itinéraire de Verdelais. — Tableau de Verdelais. — Papillon et grillon. — Roses de mai. — Premier gazouillis d'hirondelle. — Repas d'amis. — Afrique. — L'oiseau de la Ste Vierge. — Heureuse obscurité. — L'épagneul malade. — Le nom de Marie. — Concert de mon goût. — Mina l'innocente. — Passe-temps de l'écolier. — Hirondelle de la Madone. — L'aveugle. — Abeille et poëte. — La barque du pêcheur. — Le jeune agonisant. — Les voix du ciel. — La Pologne. — Une âme souffrante. — Consolation à une mère. — Roses d'Auzone. — Mille et une rêveries. — L'ange du berceau. — L'oiseau volage. — Voyage imaginaire. — L'enfance. — Mes lunettes. — Les illusions du jeune âge. — Le poëte. — A la Ste Vierge. — Le moineau de l'écolier. — Le convalescent. — Heureuse médiocrité. — Voix du foyer. — A un jeune servant de messe. — L'angelus. — Les deux bergeronnettes. — La voix des morts. — Illusions et nuages. — L'ange du désert. — Le bon ménage. — Les désirs. — La Napolitaine. — Rameau bénit. — Le plus doux nom. — La première communion de l'orpheline. — Éducation maternelle. — Souvenir du collège. — Le missionnaire chez les Natchez. — Ruines de ma Thébaïde. — A ma tabatière. — Le flâneur. — L'araignée. — L'heureux vieillard. — Départ des hirondelles. — Lune de miel. — Frère et sœur. — L'ange de la tombe. — Retour à Marie. — Fête de l'ermite. — Saint Vincent de Paule. — Le prêtre. — Papillon nocturne et diurne. — La fille du pêcheur. — A mon crucifix. — Rêveur excentrique. — Le tarin de l'écolier. — Adieu maternel. — Ange du soir. — Mal du pays. — Pêcheurs de Catane. — Entrée en religion. — Les adieux de l'insulaire. — Retour au pays. — Philosophe sans souci. — Fuite au désert. — A mes vers. — Eau bénite de cour. — Mort de Ste Thérèse. — Campagne de Mérignac. — Un pauvre à Beauséjour. — L'optimiste ou l'intarissable bavard — Hirondelle et poëte. — A mon pigeon. — Millevoye mourant. — Jugement dernier. — Saül et Jonathas. — Mère et veuve. — Brioche poétique. — L'aveugle de Calédonie. — Retour du printemps. — Une piqûre d'abeille. — Le douloureux anniversaire. — Les souvenirs de l'exil. — La sainte enfance. — Les oiseaux de la providence. — Le R. P. Lacordaire. — Les plaintes de l'exilé. — L'hirondelle aristocrate. — Ode sacrée. — La nuit de Noël. — La première larme de l'enfant Jésus. — Mois de mai. — Printemps d'Horace. — Les plaisirs d'hiver. — La part du pauvre. — La villa d'Ausone. — Bulle de savon. — Fleur d'automne. — La joyeuse hécatombe. — Le rossignol enrhumé. — Le roi boit. — L'enfant malin. — Le déjeûner champêtre. — Mon plus beau fait d'armes. — La sainte veillée. — L'importun. — Élégies de Job. — Le pessimiste, renfermant la satire des mœurs et de la littérature du siècle. — Grand nombre de chants, de cantiques, de romances pieuses, joyeusetés, etc. etc.

Si, parmi ces pièces, beaucoup sont de simples bluettes poétiques, il y en a bon nombre aussi qui sont de petits poëmes.